中国历代通俗演义故事·农闲读本

小五义

原著　佚　名
编著　张小秋
插图　刘　岩　姚博峰

吉林出版集团股份有限公司

图书在版编目(CIP)数据

小五义 / 张小秋改编. —长春：吉林出版集团股份有限公司，2008.11(2023.8重印)
(中国历代通俗演义故事：农闲读本)
ISBN 978-7-80762-943-6

Ⅰ.小… Ⅱ.张… Ⅲ.侠义小说—中国—清代—缩写本 Ⅳ.I242.4

中国版本图书馆 CIP 数据核字(2008)第 165862 号

书　　名　小五义　XIAO WU YI
出版策划　崔文辉
责任编辑　刘　洋
助理编辑　邓晓溪
出　　版　吉林出版集团股份有限公司
　　　　　(长春市福址大路 5788 号，邮政编码：130118)
发　　行　吉林出版集团译文图书经营有限公司
　　　　　(http://shop34896900.taobao.com)
制　　作　猫头鹰工作室
电　　话　总编办 0431-81629909　营销部 0431-81629880
印　　刷　三河市金兆印刷装订有限公司
开　　本　889×1194 毫米　1/32
印　　张　6.5
字　　数　101 千字
版　　次　2008 年 11 月第 1 版
印　　次　2023 年 8 月第 2 次印刷
标准书号　ISBN 978-7-80762-943-6
定　　价　38.00 元
　　　　　(如有印装质量问题请与出版社调换。联系电话：18533602666)

❧ 前　言 ❧

　　《小五义》全称是《忠烈小五义传》，它与《三侠五义》《续小五义》总称为《忠烈侠义传》。作为中国侠义公案小说杰出的代表作之一，它深受民众的喜爱，流传极为广泛。

　　本部《小五义》从《三侠五义》一百回后开始续写，这两本书的故事情节既有承接又各自独立。《小五义》的中心人物，由原来《三侠五义》中的包公转为包公门生颜查散。其余重点刻画的侠义人物，除了前辈"七侠五义"之外，又增加了几个晚辈义士，即钻天鼠卢方之子粉面子都卢珍、彻地鼠韩彰义子霹雳鬼韩天锦、穿山鼠徐庆之子山西雁徐良、锦毛鼠白玉堂之侄玉面小专诸白芸生，这四个小义士加上《三侠五义》中原有的人物小义士艾虎，便是此书中呈现给读者的"小五义"。全书以襄阳王赵珏图谋叛乱为线索，历叙颜查散奉旨巡按襄阳，大印被盗；白玉堂坠铜网而死；众侠义云集襄阳，蒋平找回大印；智化用计，里应外合，收降襄阳王党羽钟雄；要破铜网阵时，颜查散被沈中元劫持，众义士分头寻找，沿路行侠仗义；"小五义"不期而遇，结拜为兄弟；继而沈中元归附颜查散；众义士参悟阵图，分工破阵，不幸误落铜网。故事至此戛然而止，留下无尽悬念，待《续小五义》言说。

　　《小五义》继承了民间说唱艺术的优良传统，语言浅显亲切,叙事生动传神。侠义故事之中包含了很多替天行道、为王前驱的意思,却也不乏除暴安良、行侠仗义的成分。侠义英雄的轮番出场,展现了鲜明的人物性格和形象,尤其是年轻一辈的小义士们更是充满活力,洋溢着青春的气息,给人留下深刻的印象。

此本《小五义》的改编,在忠实原著思想内容的基础上,对原著的篇幅进行了一定程度的删减,既保留了原著的精华,同时也注重了叙述语言的通俗性和小说各章节的连贯性,力求简洁、生动、紧凑,有极强的可读性。希望此书能得到广大读者的喜爱,也希望专家和读者提出宝贵意见和建议,不胜感谢!

编　者

目录

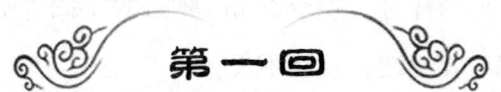

第一回

颜按院奉旨查襄阳
白玉堂初探铜网阵

话说大宋仁宗年间,有位镇守襄阳的王爷,名叫赵珏,乃是当朝皇叔。此人不安于现状,暗中勾结山贼匪寇,四处招募侠义勇士,一心想要推翻当今天子,独占大宋江山。

"世上没有不透风之墙",襄阳王意图谋反的风声一传到京城,天子十分震怒,急召心腹大臣商议对策。有开封府府尹包拯献上一计:派钦差大臣到荆襄九郡查案,一方面搜集王爷反证,另一方面代天体察民情,一举两得。皇上觉得有理,立即传旨:特派按院大人颜查散速奔襄阳查案,又向开封府讨下了一文一武随行,文臣公孙策先生,武将御前三品带刀护卫锦毛鼠白玉堂,并赐尚方宝剑,先斩后奏。

次日,一行人浩浩荡荡奔赴襄阳。将到襄阳城,颜大人便单独召见襄阳太守金辉至轿前,问襄阳王之事,金太守一一回禀。入城之时,军民纷纷出来瞧看,十分热闹,黑妖狐智化带着小义士艾虎也夹在其中。先前智化因暗中保护金大人上任而来到襄阳,他与徒弟艾虎正吃饭的工夫,听见有人喊"按院大人到省",所以一同出来观看,但未上前相见。顷刻间,轿马车辆都进了院衙行馆,襄阳的文武官员拥拥塞塞地投递手本,表功绩。暂且不提。

单说智化用完晚饭,叫艾虎到金大人府内暗中巡视,防备刺客。自己只身赶往院衙给五弟白玉堂送信——是关于铜网阵之事。不料院衙外,轿马围门,人声嘈杂。智化心想:铜网阵的利害无非是听来的,并未亲见,假若不实,说出去有失颜面,莫不如今夜就去王府探个虚实,明日再来送信。想毕,他便转身回到住处,准备夜行衣物。待二更半左右,换好装备,飞身蹿出院墙,直奔王府。

转到王府后墙,智爷取出飞爪百练索,搭住墙头,攀绳而上,又打下问路石,见无异常,才飘然落地。借着夜晚星光,四处观望,不远处,就见高大的木板连环八卦堡,西北侧还有一座木板墙,格外高大显眼。听王府人透露,那板墙之上有冲天弩,若靠着那墙头进去,就会被毒弩射中,皮肉溃烂而死。板墙下,按八个方位有八扇对开的大门,每扇大门内各套七个小门,依照八八六十四卦,三百八十四爻摆成阵形。卦分凶卦吉卦,走吉卦则吉,没有障碍;走凶卦内有翻板,踩动机关,守阵的士兵就会从翻板下蹿出来,突然袭击。再向前走,就是卍字形的地板,脚必须踏在正中位置才行,如若一歪,踏在活动的滚板上,就会整个人坠落下去,下面坑内有犁刀、毒弩等,立刻丧命。故此,智爷在木板连环八卦堡外瞧了又瞧,看了又看,没敢进去。智爷是个精细人,向来谨慎。他围着大阵转了几圈,先把八扇对开的大门一一点开,因为没上锁,所以一点就开,然后盘算突破的位置。智爷心中琢磨:按卦爻词讲"逢谦而吉,遇泰而昌",若从"谦卦"进入,一定没事。于是根据方位,数了又数,算了又算,确定是"谦卦",才走了进去。

走在当中,智爷抬头一看,正北高耸着冲霄楼三层。下有五行栏杆,左有石像,背驮宝瓶;右有石兽,背驮宝盆。宝瓶、宝盆两物当中,伸出两条铁链,交搭成十字架,另两端挂在楼顶层瓦檐之上。此楼三层,按三才(天地人为"三才")布局;下面栏杆按五行布阵。铜网阵位于楼底下。智爷看过之后,就要进楼。他听说三层之上,有王爷众人谋反的盟单,暗想:今天既到了此处,何不将盟单盗出来? 明日见了五弟,说王府的利害,他若不信,还有盟单为证。

打定主意,正要上前。忽听东南"嗖"的一声,智爷吃惊不小,伏身观看。原来有一人,也奔中央而来,一身夜行衣,白脸面,背插单刀,行动轻且快,很像五弟。便问:"可是五弟?"对面迟疑了一下,蹿到近前:"原来是智兄。"白玉堂急忙施礼。智爷搀住说:"你好大胆子!"五爷怒声说:"智兄怎么说小弟好大胆子? 莫非你比小弟胆量还大不成?"智爷深知五爷秉性,心高气傲,藐视天下能人。他马上满脸赔笑,说:"五弟息怒,劣兄并不是胆大才来,因先前有王府的人泄密,才敢来的。五弟之前也听说过此阵?"五爷大笑:"小小的八卦,没什么了不起的! 不是小弟说大话,我们陷空岛七窟四岛,三峰六岭,各处全都是西洋八宝螺丝转弦的机关,全是小弟一人造的。我走这个小小的连环堡，跟玩一样。"五爷为了炫耀，又把冲霄楼五行、三才的阵势滔滔不绝地讲了一遍。说得智爷连连点头，暗暗佩服。哪知他净说了上头的机关，却没提到底下的铜网阵。智爷当他都知道了，并没细问。智爷说："你我二人既然来了，怎么能空手离开，何不将王爷谋反的盟单盗来？拿获王爷时可作为罪证。"五爷点头："待小弟上楼，智兄给小弟巡风。"

将到楼下时，二人说话声音太高，早被看阵的人听见，只见石像、石兽两旁的地板一起，上来两人，举刀便砍。五爷在前面临敌，智爷在后面干着急，耳听得"嚓嚓"两声，原来一个被五爷一刀杀死，一个被砍掉头巾，翻身蹿入地板逃命。待智爷赶到，死的死，逃的逃。五爷一阵狂笑："哈哈……智兄，王府的鼠寇原来就这点本事，半个回合未完，就死了一个。可笑死我了！智兄给小弟巡风，待小弟上楼去盗盟单。"智爷说："且慢。五弟请想，刚刚逃了一人，必去送信。王府能人甚多，倘若都来，你我又在机关重重的高楼之上，那还了得？以劣兄愚见，暂且出府再作打算。"五爷心里责怪智化胆小，又不好违背，只得转身离开。

二人从原路撤离王府，寻树林而入。确定没有追兵，智爷说："五弟万不可一人再去犯险，等欧阳兄、丁二弟大家聚齐了，一起行事才好。"五爷笑答："小弟在德安府听欧阳兄、丁二爷说过，你们三位各有专责，他们二位押解犯人入京，兄台你保护金大人上任，完成任务后，定准在卧虎沟相会。兄台何不明日起身上卧虎沟,会同欧阳兄、丁二爷一起来襄阳。"智爷:"这样也好,不过我嘱咐你的话,你也要记住。"说罢分手。智爷不住回头,心中有些凄凉,总想掉泪。他哪里知道这一别,要想再见五弟,难如登天。欲知后事如何,且听下回分解。

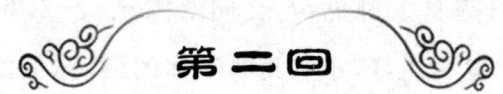

第二回
执拗人苦劝不回头
锦毛鼠网阵失性命

　　且说白五爷告别了智化，回到院衙，翻墙而入，换下夜行衣，直奔公孙先生的房间。见先生还未休息，就忍不住进去，将夜探王府之事说了一遍。先生吓了一跳，说："大人再三阻拦，你怎么还是去了？"五爷大笑："先生不知，王府都是无能之辈！不过，这事千万不能告诉大人。"次日早间，大人办完公事，与五老爷、公孙先生同桌吃饭。酒过三巡，先生就将昨晚五老爷上王府的事说了出来。五爷拿眼睛狠瞪先生。大人厉声说："五弟！愚兄再三不叫你上王府，你竟还是这般任性。"五爷道："小弟再不去了就是。"大人说："去也在你，不去也在你。如若再上王府，愚兄立刻自尽，让你追悔莫及。"说着大人把御赐的印信交给五爷，派他个护印专责。大人本是一番美意，想缠住五爷，不想却要了他的性命。

　　这天晚上，三更时分，外面一阵大乱。听见人喊："马棚失火。"五爷一惊，想到是调虎离山之计，担心大人安危，并不看失火之事，直奔大人屋中。见大人战战兢兢地站在院子里，有管家玉墨扶着。五爷说："大人请放宽心，小弟在这。"

正说着，又听人喊："印所失火！"五爷飞身至印所，发现印信被盗。出门纵身蹿上房顶，见正西一人施展夜行术，五爷急忙追过去，细看那人肩上高耸，背着印匣。五爷抬手就是一刀，正中腿上，"哎哟"一声，那人满地乱滚。五爷把他捆好，将印匣解下来，在耳边一摇，只听见"当当"乱响，知道印信在里面，心中欢喜。猛然抬头，见前边还有一个夜行人。五爷想追，又想印匣已到手，保护大人要紧，于是调头回去。

五爷提印匣，至大人屋中。见大人急得满地乱转，先生在一旁解劝。五爷捧着印匣说："大人不必担心！小弟追出院衙不到半里，就将贼人抓获。这是印信，请大人过目。"大人欢喜非常，说："到底是我五弟呀！"说着将印匣打开，没料到那一颗黄澄澄的大印踪迹不见，却有一块黑色的铅饼在里面。大人一急，慌忙将盒子盖上，吩咐收起来，寻思着五爷不能看见。岂不想习武人眼尖，早看见了，五爷说："他们盗印的是两个人，小弟捉着一人，走脱一人。待小弟将他捉回。"大人用手一揪，叫道："五弟呀！想你我当初在镇江相会，你也无官，我也无官。现在丢了朝廷印信，也不至于死，无非是罢职丢官。那时无官一身轻，你我游山玩水，无忧无虑，胜似在朝内伴君如伴虎。印信丢就丢了吧。"大人死揪住五爷不放。五爷干着急，又不敢跟大人动粗，只能待在那里干生气。

公孙先生见状，转出房外，找到被抓之人询问口供。原来，此人叫申虎，是襄阳王的手下。王府谋士镇八方雷英出的主意：派两个人到院衙盗印，一个是邓车，一个就是申虎。

盗印成功后,准备先把印放在冲霄楼三天,以作诱饵。第四天就将大印抛入君山后面的逆水寒潭中。那里水势凶猛,鹅毛沉底,大印扔在里头,就是神仙也难捞上来。

先生得了口供,细写清楚,急忙去找大人。大人正在房中苦劝五爷,好容易见五爷有了点喜模样。不想这时先生把口供一说,大人恶狠狠地瞪了先生一眼。先生觉得无趣,退了下去。大人深知五爷性情,他若不知印的下落还好,他若知道,冒死也要找回来。此时五爷也不是满脸愁容了,反倒笑嘻嘻地说:"夜已深了,请大人安睡吧。"大人泪眼汪汪地说:"我安歇是小事,只怕五弟要去追印。"五爷道:"小弟谨遵大人之命,怎敢前往。"大人道:"哼,你若要去,随后我就自尽。就是将印信找回来,你也别想再见我了。天已不早,你回房歇息去吧。"五爷告辞。

五爷主意已决,任凭大人说破舌尖也是白费。回到屋中,未带夜行衣,五爷直奔王府后院,也没用飞爪百练索,挽衣袖,倒退数十步,往前一跑,蹿上墙去。并不打问路石,飞身而下,直奔木板连环。五爷心高气傲,从不把别人放在眼里,就拿此阵来说,他也当儿戏一样,况且又来过一次。八八六十四卦也不细数,打开西边一扇阵门,抖身蹿入,本来是想进谦卦门,却错入了归妹卦。五爷说声:"不好!"已然不及,两边地板一响,上来了两个,立刻交手,未走半个回合,两人死在当场。五爷撇嘴一笑,自言:"王府都是这样的无能鼠辈,就不必回去了。"五爷踩着卍字形地板中间,如走平地,并不格外留神。

看见冲霄楼,五爷想:"大人印信必在顶层楼上。"见石像、石兽上的宝瓶与宝盆当中伸出两条铁链,交搭成十字架,上边挂于顶层瓦檐之上。五爷立即攀铁链而上,攀至中间,耳轮中听见"喇喇喇",往下一松,他说声:"不好!三环套索。"五爷深知那个利害:上身躲过,腰腿难躲;腰腿躲过,上身难躲;若稍慢,上中下三路都得被铁链绕住。五爷在陷空岛也安置过此物,知道只有一个躲法,除非是撒手抛身。说时迟,那时快,声音响起瞬间,五爷早就撒手抛身,不敢站于地面,怕落于卍字形滚板之上,那还了得!故此拧身蹁腿,脚站于石像的后胯。哪知那石像全是假做的,都是用藤木铁丝编成,架子上用荧光纸糊成,晚上看如同汉白玉一般,其实腹中却是空的,底下由木板托着,也是翻板。五爷同智爷双探王府时,不容智爷说话,自逞奇能。故此前文说过,他净说了上头的机关,没说下头的铜网阵,智爷以为五爷全知道,看来也是个命数。五爷掉在翻板之下,被十八扇铜网围在当中,用手中刀砍一扇铜网,纹丝不动;用力砍,单臂发痛。铜网阵机关一动,底下的金钟"咚咚"跟着响起。地道的东西南北四面,有四个隧道,各有二十五人把守,每人一匣毒弩。内中有一个头目,如今就是神手大圣邓车,因盗印有功,王爷赏给他个弓弩手头目的职务。听金钟一响,邓车带领弓弩手由隧道而入,乱弩齐发。五爷在内,刀砍不动铜网,就知不好,横刀自叹,想起大人在院衙之中,无人保护;包相爷恩重如山,还未报答恩相的提拔之恩；又想陷空岛弟兄五人，四位哥哥就是有得罪他们的地方，他们也都是宽容相待。五爷想："从此再要弟兄们重逢，除非是鼓打三更，梦中相会。"五爷只顾想起往事，不想浑身上下就被弩箭钉上了不少。欲知五爷性命如何，且听下回分解。

锦毛鼠陷落铜网阵

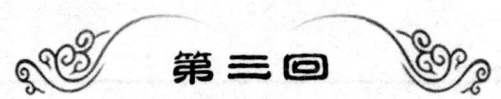

第三回
院衙内猫鼠见钦差
寒潭中蒋平捞御印

且说五爷陷落在铜网之内，被乱弩穿身。横冲直撞，难以出网，顷刻间，毒气攻心，就觉着迷迷离离，神情恍惚；霎时间，什么万岁爷、包大人、把兄弟，往事历历在目，渺渺茫茫神归阴世去了。襄阳王怜惜英雄，派人将他的尸身火化，装在坛子里，送往君山寨，交于总辖大寨主飞叉太保钟雄，选个风水好的地方，平地起坟，立个石碑，刻上名姓。考虑到必有侠义之士前去祭坟，君山匪寇又在坟前挖出战壕，准备来一个拿一个，来两个拿一双。暂且不表。

且说自五爷离开后，天将亮，大人起来请五弟讲话。公孙先生回道："五爷出衙了。"大人一听，如高楼失足，"哎哟"一声，凄然泪下，说："五弟此去凶多吉少。"先生在旁解劝。

一连三日没有消息，大人像丢了魂儿一般。先生担心大人，又担心有人前来行刺，吃不好睡不好。忽然，外面官差报："蒋护卫到。"先生一听，心中一亮，连忙迎接。蒋四爷从卧虎沟来，在沙老员外那儿住了两日，老觉心神不安，惦念五弟，告辞沙员外赶奔襄阳。至院衙，叫官差回禀。不多时，先生出来，四爷就知五弟不好，心想："他若在，不可能叫先生迎

我。"连忙问："先生，我五弟怎样？"先生道："里面再说。"四爷
更觉不好了。到里面先生就将大人丢印、拿盗贼、五爷追印
说了一遍。四爷道："哎哟，五弟休矣！"四爷抹着眼泪问："大
人呢？"先生说："大人滴水不进，要活活饿死了。"蒋爷说："我
去劝，大人就吃饭了。"先生带领四爷见大人。

　　大人正哭时，一听"护卫"二字，以为是五弟，便说"快
请。"蒋爷见大人，忙施礼说："大人在上，卑职蒋平蒋泽长给
大人行礼。"大人只想着五爷，忽然说："呀！细看却是蒋护
卫。"不觉泪下，拉着蒋护卫，说："你我的五弟死了！"蒋爷说：
"大人何出此言？方才卑职还遇见五弟了呢。他说大人丢了
印，他上王府去找印。他瞧冲霄楼实在厉害，不敢上去。他
想三日期限一过，他们必定把印抛进逆水寒潭，所以他就赶
去逆水寒潭旁等候抛印。卑职还劝他呢，你这一走，不叫大
人担心吗？他叫我过来说明，叫大人放心，他去等印。我说
我替你等印，你先见见大人为是。他说大人派他护印，将印
信丢失，没脸见大人，不得印不来见大人。"大人说："既然知
道他的下落，烦劳蒋护卫辛苦一趟，将他找回来。"蒋爷连连
点头说："这有何难，卑职替他等印，将他换回来。"蒋爷要走，
又说："卑职由五更起身，至此时茶饭未进，在大人跟前讨顿
饭吃再去。"大人说："使得。"吩咐摆饭，饭已摆好，蒋爷叫人
给大人预备碗筷。大人说："不见我五弟，绝不吃饭。"蒋爷
说："先前大人不吃，是不知道五弟的生死，如今有了下落，大
人何必一定不吃。再说大人不吃，卑职怎能先吃？"大人被蒋
爷说得没话，只好说："我陪着就是。"又说道："务必把五弟早早

找回来。"蒋爷回答:"今天不到,明天也就到了。"

蒋爷吃完告辞,同先生出来。先生说:"你遇见五爷了?"蒋爷说:"谁遇见了? 不是这样,大人怎肯吃饭? 现在我去捞印要紧。"先生说:"别走。你若走,谁保护大人?"蒋爷说:"哎哟! 保护大人要紧,捞印也要紧,除非我会分身法。也罢,先生快写信向开封府求救。"正要写信,官差报:"现有开封府展护卫老爷、卢老爷、韩老爷、徐老爷到。"

你道他们几个怎么来的? 原来是天子怕颜大人势单力孤,特降旨,让开封府点派护卫上襄阳帮忙。所以几位爷才各带随从,乘跨坐骑,日夜兼程来到襄阳。

一到院衙,通报后,蒋四爷出来行礼,先叫:"大哥。"卢大爷回礼,道:"五弟呢?"四爷说:"出差去了,有话里面说。"大家到先生屋内。卢大爷要见大人,蒋爷使眼色,先生说:"大人睡了。"展爷就觉得不好。四爷叫了酒菜,说:"大家先吃些东西吧。三哥喜欢大杯饮酒,看大杯。"四爷问众人来历,展昭将奉旨的事细说一遍。不一会儿,徐三爷大醉,有下人搀他回去睡觉。大爷便问:"五弟到底怎样了?"四爷说:"把三哥灌醉就好说了。""快说。"四爷就把经过说了一遍。大爷哭道:"五弟凶多吉少!"四爷心寒,又把哄大人的话哄了大爷。大爷半信,欲问详情。四爷忙转话题,说:"好了,我要去寒潭捞印,正愁大人无人保护,现在有看家的了。二哥同我去,给我巡风。"大爷也吵着要去,四爷没法,只好也带上他。准备好水湿装备后,四爷嘱咐展南侠:"保大人全在你一人,别指望我三哥。"说完,三人起身,一路无话。

日已西垂，遇一樵夫，打听寒潭所在。樵夫说："过北边一段山梁，有一个村子，名叫晨起望，出东村口，有个涧叫鹰愁涧，有个崖叫锦绣崖。再往东北有个小山口，可千万别进去。教喽兵看见，立刻就给绑去见山寨主。过了小山口，往北路走有个岭，叫蟠龙岭，上有五棵大松树，名叫五接松。树下有新坟地。由蟠龙岭前往北，有大三神山；再往北，有小三神山。大三神山有山，小三神山无山有庙。由庙东山墙往北，地名叫上天梯。那东北有一个大水池子，水寒透骨，方圆有三里，就是逆水寒潭，听说是当初大禹治水的一个海眼，没什么看头。"蒋爷赔笑说："多谢，多谢。"樵夫担柴而去。

三位爷过山梁，穿晨起望，走鹰愁涧，也不知走出多远，就看见了蟠龙岭上的五棵大松树，树下新起了个大坟头，前面有石头祭桌，旁边有石碑，上头刻着"宋京都御前带刀三品护卫讳玉堂白公之墓"。卢大爷看见，哭道："原来五弟死了，坟墓在这里。"二爷哭道："是啊。"二人就要过去。四爷阻拦说："不可！坟前一哭，被喽兵看见，肯定是杀身之祸。"不知三位如何脱险，且听下回分解。

第四回
山神庙卢方救村妇
鹅头峰路彬指方位

卢大爷、韩二爷见到五爷的坟墓，就要奔坟前痛哭。被蒋四爷挡住说："二位哥哥，这是陷阱，不可上当。"大爷哭哭啼啼地说："你怎么知道？"蒋爷说："其实五弟是让王爷抓住了，王爷爱才，劝降不成，就被关了起来。这个坟只是诱饵，引我们上钩的。去了准有陷阱。"卢爷："这？"四爷说："我们快走吧，捞印要紧。"大爷半信半疑，被蒋爷硬拉着离开。

至上天梯，从上面向下观看，果见东北有个大水潭，潭水打着旋乱转，"哗啦啦"的声势很大，的确是个水眼。见那气势，恐怕就是鹅毛掉下去，也要被吸入水眼，无怪有人说鹅毛沉底。卢爷看后，一把拉住四爷，眼泪汪汪地说："四弟，好凶猛的水势，别下去了，下去就够呛。"四爷说："多丧气啊！你可别下山了，在这里给我们把风吧。也别哭哭啼啼的，叫人看见就完了。"卢爷点头，二爷、四爷顺着石阶下了上天梯。

到寒潭，四爷换好水下装备，跳进寒潭，好半天不见上来。大爷想："四弟瘦小身弱，怎么能禁住寒潭的寒气，准是死了。"心里一难过，也顾不得把风了，哭着奔五爷新坟而去，想着去祭坟，忽听见山神庙里有人呼救。大爷本就一副侠骨柔肠,遇到不平之事哪有不管之理。大爷冲进庙中,见一喽兵打扮的人,正抓着一个村妇,撕扯衣服。大爷一脚把喽兵踢倒,解下他的腰带一捆,村妇趁机逃命去了。

喽兵一瞧卢方,吓得赶紧求饶:"爷爷饶命啊!"卢爷"哼"了一声,说:"什么东西!你是哪里的喽兵?叫什么名字?""我,我是君山旱八寨头一寨,巡捕寨的喽兵,姓毛,叫毛嘎嘎。"卢爷说:"听你这名字就不像好人。我且问你,前边五接松这坟地埋着什么人?"毛嘎嘎道:"提起这个人可说是名贯宇内。他是金华府人氏,人称锦毛鼠白玉堂白五爷,身居护卫之职。前些日,他上冲霄楼盗印,失足掉入铜网阵中,被毒弩射成大刺猬一般,一命呜呼了⋯⋯"

毛嘎嘎正说个没完,一抬头,看卢爷靠着门板,瞪着眼,一动不动。"呀!爷爷睡着了。"毛嘎嘎趁机逃走。等卢爷转过气来,人已然不见踪影,他也无心追赶,自思:"五弟准死无疑了,四弟也没活了。我们当初结拜,不求同生,但求同死,我也不活了。"想着,将腰带解下来,找一棵歪脖子老树系在上面,两脚一蹬,寻了短见。

恍惚中,听见有人呼唤。卢大爷睁眼,见二人蹲在面前,一个黑脸,一个白脸,都是樵夫打扮。忙问:"可是二位将我救下的?"二人说:"是。你老好端端地怎么寻死啊?"卢大爷说:"我生不如死啊。"说着老泪纵横。白脸的一个问:"老人家刚才可在山神庙救了一名村妇?"卢爷道:"不错,也是凑巧。二位怎么称呼?"两人边向卢爷行礼,口称恩公,白脸的说:"我叫路彬。"黑脸的说:"我叫鲁英。"卢爷问:"那位大嫂是你们什么人?"路彬说:"是我贱内。"鲁英说:"是我姐姐。"
二人又问卢爷:"恩公贵姓?"卢爷不肯说。路彬是个明白人,
说:"恩公不用担心,我们是正经的大宋子民,与山贼无染。"
卢爷见两人诚恳,便说了实情。路彬一听,说:"寒潭方圆几
里,水势凶恶,寒彻入骨,想捞印真是难如登天。该着凑巧,
今天早晨,我们正在上天梯下边打柴,看有人在鹅头峰抛下
一样东西。恰逢日色将出,看着黄澄澄的,系着一条红绸子。
我还纳闷呢。你老人家一说,我才明白是大印。不如赶快去
通知四老爷,免得他费周折。"卢爷点头,带着他们一路赶奔
寒潭。

　　路途中,二人问卢爷因何自尽。卢爷反问:"方才那坟可
是我五弟?"鲁英刚要说,路彬心细,想卢爷自尽必是为他五
弟,便抢着说:"这个坟不是五老爷的。我听说五老爷被捉不
肯投降,就给囚禁起来。那坟是君山贼匪假做的,暗地里设
了埋伏。"四爷说的,卢爷还不太信,这回他就信了。鲁英在
旁发怔,有些想不明白。走到上天梯上,鲁英叫到:"小猴,小
猴。"卢爷说:"不是小猴,是我们老四。"

　　且说四爷头次下水,被浪头打得晕头转向,怕被水的吸
力控制,不敢顺着水势乱转,只得逆着水力往下坐水。但水
深,又寒彻透骨,很快就精疲力竭。四爷换了五六口气,终于
到了水底,却连印的影子都没看到,又游到别处寻找。反复
上来下去,四爷觉得有被冻僵的危险,只好一翻上岸,抖做一
团。叫二爷点柴取暖,许久才觉身体不抖了,四爷长叹道:
"好厉害呀!"二爷问:"见着印没?"四爷说:"没有,这回换个

方位。"忽听大爷嚷道:"别下去!"四爷说:"不好,大哥又絮絮叨叨的了。"一跃身,扎入水中。大爷看没拦住直跺脚,二爷见多了俩人,吓了一跳,问:"这二位是谁?"卢爷就将自己的事说了一遍。四人等候多时,才见四爷上来,烤火暖了半天。路、鲁二人才过来和四爷说鹅头峰抛印之事。蒋爷听完马上来了精神,急着下水。路彬拦住说:"慢,我有个主意。水寒彻骨,不如叫鲁英回家取些酒,我再打些柴。四老爷外面烤透,腹中有酒,准能在水中待半个时辰不冷。"

不多时,准备妥当,蒋四爷又喝又烤,顿时外热内烧,奔鹅头峰方向,扎入水中,换了两三口气,果然觉着不甚冷了,又换了几口气,眼见着一条红绸子被浪头打得乱摆,就知道是印,蒋爷迎着水力往前一扑。你道是什么缘故?大印要扔在潭中,按理说必定会被水势旋进水眼,别想捞上来。不过,或许是大人官运通达,此印正好被山石缝儿夹住。加上蒋爷水性好得没边,又有路、鲁二人的指点。蒋爷尽力往上一提,把大印提出石缝。再往上一翻,钻出水面。

找回大印,兄弟几个甚是高兴,一路往回赶。忽然间,听见前边铜锣阵阵,"呛啷啷"声音乱响。有人嚷道:"拿奸细呀!"欲知后事如何,且听下回分解。

第五回
颜大人见印思故友
翻江鼠定计哄贼人

　　且说蒋四爷捞到大印，与其他四人正往回赶，忽然间，听见铜锣阵阵，有人喊："拿奸细呀！"此人就是君山巡山大都督，称亚都鬼闻华。蒋爷正想对策应付，路彬低声说："我二人迎上去，你们先藏起来。"蒋爷点头，心想："看不出此人挺有胆量！"路、鲁过去。喽兵问道："干什么的？"路彬言道："是我们两个啊。"喽兵报："禀大都督，前面有卖柴的路彬、鲁英挡住去路。"闻华道："列阵。"喽兵一字排开。路、鲁二人施礼道："寨主爷要去哪儿啊？"闻华说："方才喽兵报，逆水潭旁火光大作，怕有奸细。"路彬说："没有。我二人方才在上天梯下边打柴，潭中寒气袭人，就点些柴取暖，并无别人。要有生人，我们能不报与寨主知道吗？你若不信，就去看看。"闻华一听，说："火是二位点的，我就不必去看了。"说罢，别处巡山去了。蒋四爷暗道："好一个路彬！此人日后必有大用。"待喽兵去后，三人与路、鲁会在一处，四爷说："二位以后别砍柴了，大人那里正需要人，给你们保个官做做。"路彬说："我们哪有那个造化！有用得上的,尽管说话。"客套一阵,相互别过。

三位按原路回奔襄阳。到院衙,见公孙先生满脸愁容,蒋爷问:"怎么了?"先生说:"可了不得了,王府的人如狼似虎一般,在院衙前拿着文书,请定了大人的印,怎么说也不行。"蒋爷言:"简单,交给我了。"蒋四爷到前厅,看见两个王官带着兵丁二十多人,乱嚷乱叫。蒋爷快步上前见礼,向两个王官一龇牙。两个王官一看蒋爷这尖嘴猴腮,瘦小枯干的模样,就没瞧得起。蒋爷抱拳笑嘻嘻地问:"二位老爷贵姓?"王官说:"我叫金枪将王善,他是我兄弟,叫银枪将王保。奉王旨,特来请印。有位先生告诉我们,说大人病了,不能用印。那也给我们个准信,什么时候用印,我们也好回复王爷。"蒋爷说:"明天用印。"王官说:"就你,能作得了主吗?"四爷说:"我作不了主,是我们大人吩咐的。"王官说:"好!"带兵回王府去了。蒋爷入内求见大人。

蒋爷向大人道喜,将捞印的事说了一遍。大人见印想起五弟,泪汪汪地说:"见着五弟了吗?"蒋爷答:"未见着五弟,将大人的大印由逆水潭中捞出来,不也是喜事吗?"大人哭道:"不见我那苦命的五弟,要印有什么用。我五弟要是为我无印而死,我也活不成了。五弟呀,五弟!"蒋爷心想:"自己不顾性命,在逆水潭里拼了三次才把印捞出来,还想着能让大人欢喜一下,哪知却讨个没趣。这也不怪大人,大人与五弟感情甚好,怎么能怪他呢!"于是蒋爷提起王府差官请印之事,劝大人必要亲自升堂用印,好让奸王他们死心,大人无奈同意。蒋爷出来见展南侠,道:"展兄,这个护印专责,非你不可。"展爷点头道:"这倒简单,不过,我一人不当二差。除了护印,其他一概不管。"蒋爷说:"当然。"便把大印交付展爷。展爷做事认真,将大印装进印匣,包在包袱里。把印所打扫干净,大印往桌上一放,展爷在旁一坐,目不转睛,盯着印匣。一夜无话。

到第二天上午,王府的差官前来请印。大人升堂准备用印。王府众人纳闷,一个个交头接耳,瞪着眼睛看着。蒋爷从展昭那里接过印匣,请出宝印,冲着王官王保、王善特意显显,叫他们看清楚。二人一看宝印,把舌一伸,暗说:"怪呀,怪呀!"用完印,蒋平将文书交与差官。二人十分无趣,灰溜溜地离开了院衙。

再说大人退堂后,将印信包好交与展南侠保护。先生对蒋爷说:"哎呀! 这下没事了。"蒋爷道:"哎呀! 这可有事了。"先生疑惑:"怎么?"蒋爷说:"这一用印,王爷必怕,今晚一定会派人前来行刺。"先生说:"那你们可要严加防范了。"蒋爷说:"防范是自然,不过还得需要先生帮忙。我们想把大人安排在后楼睡觉。先生假扮大人坐在前庭,让管家玉墨在旁边伺候着。"先生说:"天哪! 我可不行!"蒋爷说:"难道你愿意大人被杀吗? 有我们保护呢。"先生无奈说:"你同管家说去吧,他点头就行。"

　　蒋四爷到后面见大人,说服了大人和玉墨。玉墨出来见先生。先生说:"你愿意吗?"玉墨说:"我怕得要死。"四爷说:"不怕。二位不放心,先演习演习。"先生说:"好。"四爷说:"我当刺客,拿着个小棍当刀。先生坐在当中,叫玉墨站旁边。"管家答应。四爷出去,二人将门关上,玉墨在旁,先生坐在当中。四爷往里一看,二人直勾勾地四只眼睛,直瞪着外面。蒋爷笑道:"你们二位直看着外头,刺客哪敢进来?"二人只好低头不看,听门一响,玉墨站着,跑得快;先生坐着,衣服又长,一下踩住衣角,往前一扑,倒在地上。先生说:"我死了,我死了。"四爷笑着扶起先生,说:"把衣服撩起,用手一拢,下身自然就利索了。"四爷出去,仍把隔扇带上,往里一瞧,先生受了四爷的指教,将衣服撩起,用手一拢,先把一条腿迈出半步,蒋爷再进来,两个人早跑进东西屋中去了。四爷说:"行了,行了。"又演习了几次,大家放心。

　　可巧穿山鼠徐庆酒醉刚醒,打听蒋爷什么事。蒋爷说:"三哥来得真巧,今晚必有刺客来。安排着让先生假扮大人,大家分前后夜保护先生。"徐庆说:"我可是爱困。"接着韩二爷、卢大爷全都到了。蒋平吩咐二爷、三爷守前夜,蒋爷说:"四更天换岗。前夜有事,前夜人承当。"三爷说:"那是自然。"吃毕晚饭,掌灯后,韩二爷、徐三爷带着刀,在里间屋待着,二爷搬了张椅子一坐,一语不发。三爷性急,恨不得一时半刻刺客来了才好，声音洪亮，叫道："少时刺客前来，二哥莫动，我出去嚷：'徐三老爷在此，诸神退位！'"二爷说："别嚷了，刺客都让你吓跑了。"天到二更，三爷更急，说："怎么还不来？不来我要困了。"玉墨说："你可别睡觉。"哪知三爷一歪身躺在床上，不多时打起呼来了，鼾声如雷。玉墨说："哎呀，要命啊，二老爷你可千万不能睡啊！"二爷说："别说话，可是时候了。先生准备吧。"二人准备好架势。

正当三更，忽然闯进一人，摆刀就砍。若问二人生死，且听下回分解。

第六回
王府派人暗下毒手
刺客一语哭死众人

且说蒋爷料事如神，刺客果然杀进了院衙。你道是什么缘故？只因襄阳王得知大人用印，十分恼怒。原本他想以丢印为由，派人在万岁面前参本，罢了大人的官职，不成想出了差错。王爷决定一不做，二不休，杀了大人，以除后患。王府众人，有邓车与小诸葛沈中元二人主动请命前去刺杀。二人别了王爷，直奔院衙。邓车曾来此盗印，所以路熟，走在前头。沈中元跟在后头，心中不住盘算：王爷近来气色一日不如一日，看面相也没有九五之尊的福分，俗话说"良禽择木而栖"，我何不趁此机会，投了大人，为大宋效力。

到院衙蹿房进去，见里面毫无生息。沈中元又想："不好，难道是大人没福，怎么连防范的人都没有？若杀了大人，我还是保王爷吧。"二人先已定好，沈中元把风，邓车行刺。邓车由窗外观看，见大人正坐，管家一旁站立，门也没关。便亮刀往里一蹿，举刀就砍。大人往东屋跑，管家往西屋跑，一刀走空。早有一人出来拦截，与邓车杀在一处。先生进屋，叫三爷不醒，打也不醒。先生着急，咬了三爷大腿一下，三爷才醒。先生说："有刺客了！"三爷问："在哪里？"先生说："在外间动手呢。"三爷问："我的刀呢？我的刀呢？"寻了刀，光脚冲出去大嚷："好刺客！哪里走！"邓车本就不是二爷对手，再来个穿山鼠，怎么行？虚晃一招，转身便跑。二人随后追出，追到一片蓬蒿乱草边，就不见了踪迹，二人干着急。忽听西面树林内有人说："邓大哥！邓大哥！破桥底下藏不住你。"二爷一看，西边果然有一个破桥。邓车心里说："人家没瞧见我，你嚷什么！"撒腿就跑。二爷看见，追下来了。追上又不见了。西南有人叫："邓大哥！邓大哥！那个坟后头藏不住你。"二爷瞧见，又追。追来追去，又不见了。邓车心想："好呀！你个沈中元，这是成心害我啊！"沈中元把风，本就是投大人而来，又嚷："邓大哥！邓大哥！小心人家拿砖头石子打你。"一句话提醒二爷，也不用石子，打出一支袖箭，只听见"噗嗤"一声，"哎呀""扑通"，邓车中箭躺在地上。二爷过去，把他捆了。三爷说："我抓那个说话的去。"二爷说："算了吧。没有人家说话，咱们还抓不住他呢。"

沈中元以为他们拿住邓车，必会前来请他，可是等了半天，没人理他，只好问："二位拿住刺客了？"二爷说："拿住了。"沈中元说："二位贵姓？"二爷说："姓韩，单名彰字。"沈中元又问："那位呢？"说："姓徐，我叫徐庆，穿山鼠徐三老爷就是我。"沈中元指望他们回问，却连一个说话的也没有。他无奈，只得说："小可叫沈中元，人称小诸葛。我乃王府之人，特地前来泄机，弃暗投明。"说了半天，无人答言。沈中元想："一定是怕我抢了他们的功劳。好个五鼠，都是奸猾小人。哼哼，咱们后会有期吧。"三爷同着二爷，两个粗人，正一边往回走一边说抓刺客之事，沈中元说了好些话，他们全没听见。

这时，蒋四爷同大爷也赶到现场，问缘故，二爷就将有人泄机，拿住刺客细述一遍。蒋爷叹了一声，问："那个说话的人呢？"三爷说："就在对面树林里。"蒋爷找了一通，气哼哼地回来："你们两个糊涂人。"说着命人把邓车押到府内，蒋爷叫人到门外把守，单独审问邓车。原来蒋平在捉拿花蝴蝶时，曾受过邓车的活命之恩。邓车听蒋爷一说，想起往事，说："求四老爷救我不死。"蒋爷说："知恩不报非君子。听我的话，你降了我们大人，立点功劳，做官准比我大。"邓车甚喜，说："就怕大人忌恨我行刺，我就得死。"蒋爷说："无妨，有我替你说话。你就说沈中元行刺，你巡风。还有，大人问你王府之事，你可要实说。"邓车说："那是自然。王府之事我都知道。"

蒋爷把刺客带到大人堂前，大人问："下面可是刺客？"刺客说："罪民是邓车。"大人一看，刺客长相凶恶。又道："邓车，本院可有什么不到之处？"邓车说："大人乃大大忠臣，哪有不到之处？罪民今夜前来，不为伤害大人，只想弃暗投明。"大人问："王府之事，你可知晓？"邓车道："知道，都知道。"大人问道："白护卫之事，你可知晓？"邓车说："更知道了。他就因追大人印信，坠落铜网阵中，弓弩手乱弩齐发。"大人站起来，扶着桌子，问道："乱弩齐发，五老爷怎样？你、你快说。"蒋爷暗与邓车摆手，邓车会错了意，说："我说，我全说。一阵弩箭，把五老爷射成大刺猬一般，可叹他老人家那个岁数……"话未说完，"咕咚"，"咕咚"，"咕咚"躺下了三个——大人、卢方、韩彰一齐都昏死过去。邓车一怔，蒋爷真急了,说:"你这人真糊涂!我这里直摆手,使眼色,你老不明白。你看这可好了,昏死过去三口。"邓车说:"是你叫我问什么说什么的。"蒋爷无奈吩咐官差带邓车出去,返回来,将大爷、二爷搀起。早有人把大人唤醒过来了,正放声大哭。大爷、二爷也是大放悲声。蒋爷一瞧真热闹,赶紧说:"人死不能复生,咱们应劝解大人才是,怎么咱们哭得比大人还厉害?"大爷说:"谁像你是铁打的心肠。"蒋爷说:"要哭得活五弟,哭死我都愿意。"大爷说:"你去劝大人吧。"

　　蒋爷进屋中,说:"大人可要想开些。我们为五弟报仇,全得指望你呢!等咱们找回五弟的尸骨,拿摆阵的人祭灵,再捉了王爷回京复命。尽了忠,又尽了义。那时节,咱们再一起死了去找五弟。大人觉得如何?"大人听着有理,便止住悲声说:"为五弟报仇,全靠你们了。"蒋爷叹道:"亏了我三哥没来。他若听见,非惹祸不可。"

　　哪知道三爷在窗外早听见邓车说的话,现在正去找邓车问个明白。一听邓车说他自己是射死五弟的弓弩手头目,三爷气往上撞,就来拧邓车的脑袋,邓车手脚被捆,只能瞪眼看着。因邓车也是一身的功夫,脖子也粗,拧了半天没拧下来。三爷大怒:"你还瞪我?把你眼睛挖出来。"只听见"碰"的一声,二指抠出了两个血淋淋的眼珠子。邓车"哎呀"一声,满地乱滚。若问邓车性命如何,且听下回分解。

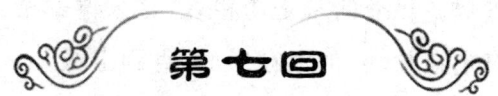

第七回
徐三爷鲁莽祭亡弟
二侠士身陷君山寨

　　且说徐三爷挖了邓车的眼珠，就想拿着去给五弟祭坟。正走着，迎面碰见展昭。原来蒋爷担心三哥知道状况会闹事，便请展爷去拖住他，展爷交了大印，赶过去。三爷一见展昭，一把抓住，哀声道："大弟，我们老五死了。"展爷吃惊不小，心想："他怎么知道的？"细问缘故，展爷忍不住掉泪。三爷说："你别在那里猫哭耗子了。"展爷生气，说："三哥，这个时候你还要戏要我。五弟死了，谁不伤心？"三爷说："你要真伤心，咱们到坟上哭去。"展爷说："那可去不得。听四哥说坟上有埋伏。死倒不怕，就怕被人关起来，生不如死。"三爷说："哼！当初你在陷空岛和五弟有恩怨，你巴不得他早点死，是不是？"展爷愤愤地说："你是听哪个说的？我和五弟是真心相交。"三爷说："和我去上坟，我就信。"

　　展爷被个浑人搅得没法，只得答应。心里盘算：得想法与四爷送信，四爷知道就不用去了。不想却被三爷步步紧跟，难以脱身。展爷只好向自己的童儿使眼色，叫童儿好好看家。小童儿答道："老爷放心吧。"三爷说："他们两个看家，得先捆起来，把嘴塞上，不然该跑去给老四报信了。"小童说："别捆了，我们保证不去报信。"三爷说："还是不放心，不如你们跟着同去吧。"三爷向来是个粗人,这天偏就精明了。他让展爷和小童走在前面,他跟在后面,直到出城。

　　一路打听,到了蟠龙岭,两小童留在山下看马。二人步行上山,远远看见五接松下有个土山丘,土丘前面一个大坟,坟前有石头祭桌、祭品。徐庆不认识字,展爷看见石碑上刻着"宋京都御前带刀三品护卫讳玉堂白公之墓",不觉凄然泪下。离坟前不远,徐三爷从怀中掏出两个眼珠,边掏边走。将到坟前,二人只觉着脚下一软,掉进陷坑。本来展爷听蒋四爷说过有埋伏,怎么会忘记?只因一见到玉堂的坟墓,肝肠寸断,就忘了危险。

　　幸好坑下有石灰垫底,摔不坏人,却迷了眼睛。眼睛看不见东西,天大的本事也无从施展。待两人眼能睁开,已被五花大绑,展南侠的宝剑也让人拿去了,展爷暗暗叫苦。徐庆睁眼就是一顿大骂,还特意报了两人的大名,以为能吓倒喽兵。果然喽兵们神色紧张,跑去山寨报告。展爷狠狠瞪了徐庆一眼,说:"展某被抓只求一死,还报什么名姓?"徐庆答到:"他们要是怕官,或许能把咱们放了。"展爷说:"你不是不怕死吗?"徐庆说:"我怕被关起来,生不如死。"展爷无奈,心想怎么就被这个浑人给忽悠来了。

　　一会儿的工夫,喽兵将二人带进山寨。巡山寨主闻华前来迎接,见二人相貌堂堂,抱拳笑道:"不知二位老爷大驾光临,有失远迎。"徐庆见闻华,哈哈大笑说:"好个黑小子!"闻华"哼"了一声,说:"我家大寨主有请二位。"展爷说:"既然被擒,就给爷来个痛快。"闻华说:"哪敢。二位驾临,欢迎还来不及呢。"

二侠士祭坟遇险

穿飞云关，过水旱二十四寨，到了里边大寨。展昭见门柱上有副对联，写着：山收珠履三千客，寨纳貔貅百万兵。展爷暗道："好大口气！"到屋中，抬头一看，这家大寨主头戴乌纱，大红圆领的衣服，腰束玉带，粉底官靴，七尺身躯，面如白玉，五官清秀，乍瞧像个知府的打扮。展爷暗道："君山八百里地，水旱二十四寨，要当这个大寨主，总该是个大胡子，蓝靛脸，说话哇啦哇啦的，才管得住群寇。像这样文质彬彬的人，怎能管得住山中众人？叫人奇怪。"俗话说"人不可貌相"，别看钟雄的打扮，他可是文武全才。

今见展南侠，仪表不凡，飞叉太保钟雄离座相迎，说："不知二位老爷驾到，未能远迎，望恕罪。"展爷说："岂敢。我二人被捉，只求一死，受不起寨主这般称呼。"徐庆说："好小子，长得不错。"钟雄"哼"了一声，看出徐庆是个浑人，只顾与南侠讲话，说："二位驾临，蓬荜生辉。若非如此，恐怕用八人大轿也请不来。"徐庆说："你认得我们？"寨主说："久仰大名，如雷贯耳。"徐庆说："文绉绉的。既然认得，还不给我们松绑？"寨主果然叫人给二位松绑。

松绑后，三爷说："快拿漱口水来。你们这招也太损了，弄了三老爷我一嘴白灰。"漱毕，又说："倒茶，倒茶。"钟雄说："看茶。"三爷拿起来就喝。展爷也不漱口，也不喝茶。不多时，徐庆又叫摆酒，展爷瞪了徐庆一眼。寨主吩咐摆酒。徐三爷正饥饿，见到酒菜大吃大喝，不时地有喽兵与三爷斟酒。展爷也不吃，说道："我看寨主仪表不凡，又是文武全才，为何不归降大宋，当个大官，岂不胜似做个山中草寇？"钟雄说：

"早想归降，就是没有机会。"展爷说："寨主若肯弃暗投明，我愿保举寨主做官，必在展某之上。"徐庆在旁搭话："我们展大弟这话可不是忽悠你。只他要求求包相爷，我们相爷在万岁跟前那可是说一不二。"钟雄立刻抱拳，诚心谢过两位，又说："在下有句肺腑之言，不知当讲不当讲。"展爷说："有话请讲。"钟雄说："我想和两位结拜为兄弟，可否同意？"展爷一转眼珠，就明白了："依了他的意见，磕了头之后，他不降了，我们两个官府的差官却成了山贼的兄弟，可怎么办？"于是拱手说："寨主先弃君山，后结拜。"钟雄说："先结拜，然后弃山。"展爷道："我说寨主你别生气，我们大小也是官差，如若和寨主结拜，被京都御史知道，参奏我们。你也想想，那是什么罪名？"徐庆也吃饱了，喝足了，拍着桌子，大叫道："展大弟，少搭理他，谁和他山贼拜把子？钟雄，你弄一桌酒席就想收买我们。呀呸！"伸手把桌子掀了。要问二人性命如何，且听下回分解。

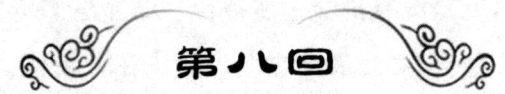

第八回

三英雄会见蒋泽长
翻江鼠冒死救兄弟

且说徐庆生性鲁莽冲动，一听钟雄说要拜把子，气往上撞，掀翻了桌子，抢拳便打。哪知钟雄用两指在他肋下一点，扑通一声，三爷就倒在地上。钟雄封了他的穴道，两边喽兵呼啦一下冲上来，把三爷捆绑起来。展南侠也不动手，双臂往后一背，说："捆吧。"喽兵上来把展爷捆上。钟雄见展爷把眼一闭，在那等死。没办法，便叫喽兵将两人带到水寨，一个囚在鬼眼川，一个囚在竹林坞。暂且不表。

单说蒋四爷，等了许久也不见展爷回来。出去察探情况，却见邓车双眼只剩下两个大红窟窿，躺在地上嗷嗷直叫。了解缘故，蒋爷说尽好话，替三哥赔了不是，又叫人把他带出去治疗。蒋爷算计着三哥准是去给五弟上坟了，急急拿了包袱，把院衙的事交代了一下，直奔蟠龙岭。走在半路，见四匹马及展爷的两个小童。小童哭着将三老爷强拉展老爷祭坟，掉进陷坑的事说了一遍。蒋爷一听，急得直跺脚，说："三哥这个惹祸精，真难为展爷了。"便告诉小童："赶快回衙把此事转告大老爷、二老爷，再告诉他们我去晨起望打探消息，有事到路彬、鲁英家中送信。"说毕，小童离开。

四爷来到晨起望路彬家,叫路、鲁二人打探消息。鲁英和山上的人熟悉,很快得到消息,回来告诉蒋平,说展昭他们一个被囚在鬼眼川,一个被囚在竹林坞。蒋爷知道他们没死,心里高兴,恨不得马上出去救人,问路彬:"水寨在君山的哪里?"路爷说:"由此往东南水面,向东直到竹城,那里的竹子全是从石块上长出来的。自从钟雄到了山上,每年拿铜铁条把竹子穿在一起,年份一多,连竹子带铜铁全部锈在一起,铜墙铁壁一般。四老爷要从底下进去,铜铁竹子锈在一处,根本进不去;若打上头进去,竹梢儿太软;若打小门进去,串铃一响,水寨的人都知道了。"蒋爷听完,呆愣愣说不出话来。

这一天,蒋四爷如热锅上的蚂蚁一般,急得乱转。突听家人来报:"四老爷,外头有个姓欧阳的,一个姓智的,和一个姓丁的说要见你。见不见?"蒋爷说:"是他们!我请还请不来哪!"四爷心想,有他们来,救我三哥与展爷就不费吹灰之力了。你道他们三位怎么来的?原来智化与白五爷双探铜网阵后,把艾虎打发去了墨花村,自己就赶奔卧虎沟与北侠、丁兆蕙相会,再一同回襄阳。到了襄阳城,听说五弟死了,众人哭了一通,纷纷要与五弟报仇。话未说完,展爷的两个小童就跑进来,说了展老爷、徐老爷和半路遇到蒋老爷的事情。听完,智化说:"事情紧急,咱们弟兄赶紧起身去晨起望。"也没顾得休息,三人急急启程。

蒋平把三位请进屋中,就商量如何救人。智化说:"我看今晚就入水寨救人。"路彬说:"不可呀,铜墙铁壁怎么过?"蒋爷说:"现在就能过了,我欧阳哥哥和丁二弟的宝刀宝剑,切金断玉,无论什么样的铜铁之物,一挥而断。路兄帮忙准备船只就行了。"路彬说:"这个可巧,船只我们有现成的。"

晚饭后,路、鲁二人带路,坐船奔君山水寨。到竹城,丁二爷用宝剑在竹铁墙底部挖了一个四方洞。蒋爷对众位说道:"我去竹城水寨救人,也不认得路,碰着谁救谁。若把两个人都救出来最好,如果只救出一个,我可没亲没后。"北侠说:"四弟多此一举。"智爷暗想:"四哥真机灵。里面两个人,有一个是结拜的生死弟兄,一个是朋友,如果救出的是展爷,没什么话说;若是徐三哥,他就落话柄了。"智爷说:"不必交代了,趁早进去吧。"蒋爷将身一跃,蹿进方洞。

蒋爷在水中用踩水法露出上身,看对面船连船,船靠船,按五行八卦阵局把水寨围住,相当气派。再看四面八方的旗子、五色信号灯秩序井然。蒋爷暗道:"好一个君山水寨!真是大宋的祸患。看来若想扳倒王爷,君山非除不可。"蒋爷见前面船上的喽兵讲话,分波踏浪,踹几脚水,直奔船边,微微把脸露上来。忽听船上有人说:"好大的鱼!"一回手拿鱼叉冲着蒋爷就是一叉。不愧是翻江鼠蒋四爷,换第二个人,也就叫他们叉住了。四爷瞧见他们拿叉,忙横着一踹水,就躲远了。微微把脸往上一露,便听见喽兵在那里说:"好大的鱼啊!可惜没叉着,好好的下酒菜给跑了。"那人说:"是你先喊'好大的鱼',你要不喊,能抓不着吗?"蒋爷暗道:"抓着了,你们可好了,我就玩完了。"

这时,由另一边来了一只小船,船头上搁着个灯笼,船边马扎凳上坐着个喽兵,手拿一枝令箭。四爷分水向前,钻进小船底下，用手扳住船，把耳朵、眼睛露出来，听他们说道：
"咱们寨主爷也不知是看上他哪了？让咱们大老远上鬼眼川
请他那个浑人，还得过大关。寨主爷是喜欢上他那浑样，还
是爱听他骂人呢?"坐着的喽兵说："你脑袋那么笨，怎能知道
寨主爷的用意？姓展的是个有主意的人，不像他。一会儿咱
们把他请进大寨，拿酒狠狠灌他，他一醉，咱们再说点好话，
他准就同意了。一拜把兄弟，就算降了咱们君山。姓展的和
他是一起来的，他降了，那个也就没法不降了。"那二人的对
话，四爷早就听见了。四爷心想：三哥可不就是那性情吗？
一会儿的工夫，小船来到了大关，对面守关的人嚷道："什么
人？可要开弓放箭了!"船上人喊："不可，我们奉寨主爷的令
过关，上鬼眼川去请徐庆。现有令箭，请拿去看看。"临近有
人接过令箭，给水军都督看了之后，回来将令箭交与船上人，
才算是开关。小船将要过关，关口上突然有人嚷："小船好大
胆子，船底下私自带人。左右拿网捞人!"

四爷在船底下一听，吓得魂飞魄散。要叫人捞上去，那
还了得！欲知蒋爷如何脱险，且听下回分解。

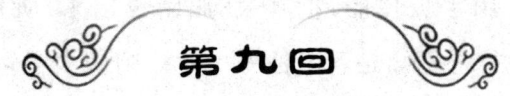

第九回
鬼眼川兄弟重相聚
蟠龙岭众人盗骨坛

且说蒋爷抠着船底藏在水中,叫小船带着他走。他把耳朵露出来,方便听见船上交谈。到大关,听见上面说要拿网捞人,把蒋爷吓得魂都没了。忽又听到小船上人说:"不用拿网捞人,我们是从中军大寨来的,众位放心吧,没有奸细。"大船上人说:"既然如此,放他们过去吧。"蒋爷长叹一声,贴着船底过去了。你道他们为什么嚷着捞人?难道他们真看见了不成?当然没有,其实这只是君山大关的一句诈语。

不多时,小船到了鬼眼川。徐三爷此时被绑着双手,正闷得要命,乱嚷乱叫。见一小船荡悠悠地漂过来,三爷站在山上,往下瞧着小船靠岸,看着一个喽兵把手中令箭往上一举说:"我家寨主有令,请徐三老爷到中军大寨喝酒。""你家寨主请我?"喽兵说:"正是。"三爷问:"请展护卫吗?"喽兵说:"早就请了。先请的展护卫,后才请你老人家。"三爷说:"他去了,我也去。"喽兵说:"去了,去了。"蒋爷在水中暗道:"这个喽兵真会说话,怎么就把我三哥的性情摸得这么准呢?"

三爷也不用让,上船一屁股就坐在马扎上。船家摇橹,又回到大关,又把令箭递上去。不多时,领头的吩咐开关,小船将要过关，大关上又是一阵乱嚷："小船底下带着人哪，捞网伺候。"小船的人说："各位不用担心，刚打鬼眼川回来，没事儿。"四爷已经知道是诈语，跟在船底过关，行了一里左右，蒋爷由水里向船上一蹿，如水獭一般。喽兵吓了一跳，还没缓过神来，就被四爷几脚踢下水去。三爷也是一惊，看是四弟。三爷笑道："我算计你也该来了。"四爷说："你可真会算计呀！"三爷问："展爷你救没救？"蒋爷一想："喽兵都能骗他，难道我就不会吗？"便说："我先救的展护卫，后来救你。"三爷说："你可别唬我。"四爷说："自己哥们，哪能。"三爷说："人家是被我哄来的，先救我出去，可对不住人家。"四爷说："先救的他。"

二人说话的工夫，就到了北侠他们那里。一钻出方洞，众人见没有展护卫，丁二爷冲过来一把揪住四爷，问道："四哥，你把三哥救出来了，我们至亲呢？"蒋爷说："我也是误打误撞，碰上我三哥。"丁二爷冷笑道："哼哼！是呀，三哥是你什么人哪？谁让我与展护卫是亲戚呢！我就是拼了这条命，也要把他救出来。"说完，就要往方洞里钻。北侠用手抱住说："二弟，那可不行，慢来慢来。"蒋爷说："二弟，你还是这个脾气。我进去险些没让人家拿鱼叉把我叉死。正巧有个小船去请我三哥，我跟着小船混过大关，差点没让人家拿网给捞上去，好不容易才把我三哥救出来。二弟，就你那个水性，进去就得没命。"北侠又说："我可不是帮四弟说话，人家有言在先，遇上谁救谁！"智爷也说："二弟，我同欧阳兄明天由旱寨进去救人，你还不放心吗？"徐庆叹息说："展大弟没出来呀？他若死了，我不抹脖子，就是狗娘养的！"说得二爷这才不进去了。路彬说："天不早了，快走吧！咱们船小，不会水的人多，要是让人家大船追下来，可就全完了。"北侠说："有理，快开船。"

天快亮的时候，到青石崖众人下船，鲁英将船挂好，路彬带路。拐山弯，抹山角，就见徐三爷用手一指说："到五弟的坟了。哎哟！五弟呀！"三爷号啕大哭，大家也觉伤心。智爷说："既然如此，咱们何不一起到坟上哭他一场？若没有喽兵看着，咱们就把尸骨盗回去。"大家点头同意。这回众人加着万分小心，绕过陷阱，从边缘地方走过去。

到坟前，都是一阵心酸，放声痛哭。这时，忽听见土山后也有哭泣声，细声细气，哭的也是："五弟呀，五弟！"智爷一拉蒋四爷说："别哭了，四弟，你听土山丘后细声细气的，不是大人吧？"蒋爷止泪细听，可不是，蒋爷说："我去看看。"奔到土山丘，一跃身蹿过，果见一人在那里放声大哭，樵夫打扮，草帽遮脸，看不出是谁。蒋爷纳闷："怎么他也哭五弟呢？"上前将草帽揪住，往上一掀，一看此人，面似银盆，两道浓眉，一双阔目，额头丰隆，相貌堂堂。蒋爷说："原来是你。"

此人乃是凤阳府五柳沟的人氏，姓柳名青，人称白面判官。先前本是绿林道上的人，后来金盆洗手，在凤阳府做些生意，为赎以前罪孽，仗义疏财。因此有许多人尊他为柳员外。他与白玉堂交情甚好，后来结为兄弟。前些日子无意中听到五爷惨死的消息，所以假扮樵夫，赶来祭坟。正哭呢，自觉草帽被人揪下去，见是翻江鼠，哭道："病夫呀，病夫！都是你把五弟给害了!"蒋爷说:"老柳,你这话是从哪说的?"柳青说:"当时,你若不在陷空岛将五弟抓住,他就不能出来做官,哪会有今日之祸?"蒋爷说:"我叫他做官,也是为了他显亲扬名,封妻荫子,你怎么说我把他害了?再说,你还不知道他那脾气:眼空四海,狂傲无知。若不是那脾气,怎么能死呢?来,老柳,我给你引见几位朋友。"

众人见过之后,智爷说:"咱们不如先把老五的骨罐挖出来,也好速速离开这里,免得追兵到了不好脱身。"众人觉得有理,便合力将坟刨开,把瓷坛取出,装入口袋,拿绳子捆上。三爷说:"我抱着它,让我亲近亲近。老五生前,和我最对脾气了。"丁二爷说:"三哥,你不知道起灵的规矩。"三爷说:"什么规矩?"丁二爷说:"你得叫着他点儿。你不叫他,就是把骨罐拿走,他魂灵仍在此处。"果然,三爷就叫喊起来:"老五啊老五,跟着我走;五弟呀五弟!你可跟着我走啊。"正叫着,就听后面有人说:"三哥,小弟玉堂来了。"徐三爷连众人都吓了一跳,人人扭头,一看是丁二爷取笑他呢。智爷说:"二弟,你真胡闹!"丁二爷说:"我看他叫得这么恳切,老没有人答应。"徐三爷说:"你这一声,真吓着了我了。"路彬、鲁英说:"天已大亮,快走吧!小心有追兵过来。"刚下蟠龙岭,就听见"呛啷啷"一阵锣响。欲知如何,且听下回分解。

41

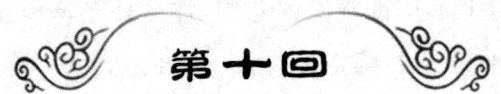

第十回
众英雄设计假投降
黑妖狐山寨显奇能

　　且说众英雄正走到蟠龙岭，见黑压压一片，往前追赶，口中嚷着："拿奸细呀！"智爷说："三哥，我们几个不能露面，把坛子交给我，你上去打发他们。"三爷说："我没趁手的兵器。"智爷说："好办，欧阳哥哥，把你老人家的宝刀借给三哥用用。"三爷一听就乐了，有了这口七宝刀，什么事都容易。智化又交代三爷千万别杀人，日后自有好处。三爷点头，冲上去，大喝一声："小子们站住！"喽兵列开阵势，巡山寨主闻华提叉向前问道："前面什么人？"徐爷说："是你三老爷。"闻华说："原来是徐三老爷。我家寨主派我请你回山。"徐庆说："放你娘的屁！"把刀亮出来，往前一纵。闻华知道这人不通情理，对准了三爷咽喉就是一叉。徐三爷把身子往旁边一闪，用七宝刀往上一迎，"呛啷"一声，就把叉头砍落在地下。闻华可好，光剩个叉杆了，转身便跑。徐三爷一顿乱砍，就听见"咔嚓，咔嚓"就是一阵乱响，喽兵的兵器都被削折，掉了满地，吓得四散奔逃。三爷也并不追赶，拿着刀交与北侠，和大家同回晨起望。三爷一路不住地夸奖七宝刀的好处。

　　来到路、鲁的家中，日色将红。将骨坛放于桌案之上，大家又哭了一回。智爷小声对蒋爷说:"四哥,我听说那位柳青有鸡鸣五鼓返魂香,日后必有用处,不如叫他给我们帮忙。"蒋爷说:"可以,交给我了。"蒋爷说:"老柳,老五死得这么惨,不如你加入我们,一起给老五报仇吧。"柳青说:"得了,病夫!说句心里话,老五在,什么都行;五弟不在,天下再没朋友。"丁二爷爱挑理,又跟柳青早就相识,一听这话,说:"列位听见没?他说除了老五,咱们都不是朋友。"智爷说:"我有主意。三哥啊,还哭哪!"三爷说:"我不哭了。"智爷道:"有人骂你哪,说你不是朋友。"说完眼睛看着柳青。三爷说:"好你个柳青!"一把抓住柳青,扬拳就打,众人阻拦。柳青心想:这个黑妖狐真损。

蒋爷说:"老柳,依我说,你就答应了吧。"柳爷实在没法,说:"病夫,你叫我帮忙不难,除非答应我一件事。"蒋爷说:"那还不容易,只要我能办到,一百件我都答应,你说吧。"柳爷本没想好什么事,见蒋爷苦苦相逼,便顺口说:"我头上有个别发的簪子,你若能从我头上盗下来,我就答应你;如若不能,你就另请高明。"大众一听,就知道是成心难人。不料四爷说:"那有何难?你是不知,我受过异人的传授,慢说盗簪,就是呼风唤雨,也不难。你把簪子拔下来,我看看就行了。"柳爷听了好笑,说:"病夫,你别唬我了。"说着拔下簪子,交与四爷。四爷一看,是个水磨竹子的,弯弯的样式,头儿上一面有个蝙蝠,一面有个圆形的"寿"字,光溜溜的。四爷看了半天,说道:"我要盗下来,你要赖怎么办?"柳爷说:"盗下来,要要赖我就是个妇人。"四爷说:"好,咱二人在你家里见,家中盗去。"用过早饭,柳青先行告辞。

送走柳爷,众人坐下,七嘴八舌讨论救展昭的事。蒋爷主张晚间再潜入山寨救人,智爷认为不妥,君山大寨主飞叉太保钟雄文中过进士,武中过探花,文武全才,吃一次亏,怎能一再吃亏。智爷接着又把想要会同北侠诈降君山的事说了一遍,认为里应外合,既能救展护卫又能破君山。蒋爷闻听不住摇头说:"不容易呀,不容易!"智爷说:"难是难了点,但是也别无他法。凭着我的巧嘴,凭着欧阳哥哥的宝刀,就是被人识破,打里往外杀,再让丁二弟打外往里杀,有宝刀与宝剑在手,纵然万马千军,也挡不住。"蒋爷说:"唉!也只好如此,我们都在外面听信。"智爷说:"不用。你务必上五柳沟,将柳青请来才好。"蒋爷说:"我看,有他也不多,没他也不少。"智爷说:"倒不用他人,用他鸡鸣五鼓返魂香要紧。"蒋爷说:"不难,这件事全在我的身上,横竖请来就是了。"说毕,众人分头行动。

放下蒋爷上五柳沟请柳青暂且不提,单说智化,与众人商议了两日,才把这一诈降的前后细节想透。这天一早,智爷将路彬请过来,叫他找一个会撑船的,一定要面生,还要靠得住的人来。路爷跑到四十里外,把自己的一个以撑船为业的亲戚,叫王顺的人找来,与大家见礼。智爷一看王顺,满脸透着机灵样,心里高兴,就把计划与他说了一遍。

闲话少叙,一切准备妥当,智爷与北侠出发,由路彬带路。行至地名叫马保峰,路彬一指正北说:"我可不往那边去了,遇见熟人不方便。"智爷说:"好。"二人上船,在舱中一看外面,水天一色,很快就到了君山地界。只见山上树木森森,满山的花朵,并且还有庙宇,好一座名山胜境。行了三十余里路,才到君山要塞飞云关下,站在船头,北侠低声告诉智爷说:"山上有人看着咱们呢!"再瞧智爷,指手画脚,摇头晃脑。北侠说:"智贤弟,这是怎么了?"回说:"我这是夸山哪!特意叫山贼瞧见。"北侠说:"哦!"智爷说:"该下船了,进他们的大牌楼看看去。"北侠说:"好。"

二位下船,东瞧西看,直奔飞云关。走到大牌楼底下,智爷指着牌楼故意高声说道:"欧阳兄你看,这是飞云关。"北侠说:"正是飞云关。"二人说着,往前直走。见路南山墙上挂着大木牌,牌上横着三个大字"招贤榜",智爷高声朗诵榜文。念毕招贤榜文,又把后面的十六条禁律高声念了一遍。念完,智爷不觉哈哈大笑道:"可惜呀,可惜!"叫道:"欧阳兄,可叹这个寨主把心机用尽,挂这招贤榜。只是有一点不到之处,一定是山内缺少能人之过,少了一个谋士提醒他。"

二位在此说话,早被喽兵看见报去巡捕寨寨主,亚都鬼闻华亲自赶来偷看,见二位相貌不凡,暗道:"真是世间罕有的英雄,堂堂的仪容,凛凛的威风。"若问二人诈降能否成功,且听下回分解。

智化招贤榜前显奇能

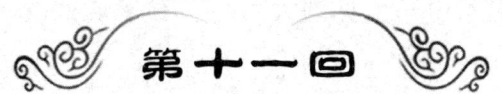

第十一回
哄信寨主全凭巧舌
发誓结拜假情假意

　　且说闻华偷看了北侠、智化的相貌,暗吃一惊。连忙赶上前施礼,北侠早看见他在那边树后偷看,现在过来行礼,北侠也就一躬到地还礼。智爷仍然是倒背着手儿,看着招贤榜,在那里嘀嘀咕咕。北侠道:"人家寨主与咱们行礼哪!"智爷这才回头施礼。闻华说:"请教二位贵姓高名?"智爷说:"这是我盟兄,乃辽东人氏,复姓欧阳,单名春字,人称北侠。我乃云南宁国府人氏,姓智名化,匪号黑妖狐。"闻华说:"二位大驾光临,不知能否赏脸,到寨中吃茶。"智化说:"不敢。我们也不投山,误入宝山已然得罪,怎好讨茶。"闻华说:"就是不入伙,到寨中吃杯茶也无妨啊。"北侠说:"智贤弟,既然这位寨主诚意相请,咱就讨杯茶吃吧。"北侠心里急着进去。智爷说:"好吧,那就讨杯茶吃。"

　　到巡捕寨,二位和其他寨主见过,闲谈。忽然进来个喽兵,报说:"启禀众位寨主,大寨主听说有二位游山的壮士,请到大寨一叙。"智爷忙起身告辞,故作惊慌说:"讨扰了。我们也不入伙,见什么大寨主,就此告辞了。"闻华死也不放,智爷非走不可。北侠说:"盟弟,这家寨主苦苦相让,咱们就见见吧。"北侠恨不得马上见到大寨主。智爷说："既是盟兄这么说，就见见吧。"闻华说："请。"

出了巡捕寨，到了彻水寨，见过众位寨主。二位又上了木板桥，见两边山峰相隔着八、九丈，往下面一看，水声甚大。下了桥往上再走，耳听见"嘎吱吱"一阵响，回头一看，喽兵们把整座木板桥给收起来了。北侠暗说："不好！想得倒不错。没有桥，肋生双翅，也逃不出去了！"智爷倒是毫不在意的样子。行到三寨，是箭锐寨，又见过众位寨主，书不重叙。不多时，到了中军大厅前，闻华说："二位稍候，我回禀大寨主去。"闻华进了大厅，智爷、北侠在外等着。就听见里面细声说："闻贤弟，这两位准是为御猫而来。"说罢大笑。北侠一听，吓了一跳，暗说："不好！"就要拉刀。智爷用手一压，说："欧阳兄，你害苦我了。"北侠心想："我害你？不是你说来诈降的吗？"嘴上说："我怎么害你了？"智爷说："我说不进来，你偏要进来。你瞧，碰见这不开眼的寨主，把咱们当贼了。走吧，小心人家丢东西！"说罢，转身就走，北侠跟着。早就有人挡住去路。

原来屋内的钟雄害怕有诈，故此诓了他们一句。听了智爷一套话，就去了些疑心。又有亚都鬼在旁说："寨主，这两位一个云南的，一个是辽东的，他们怎能知道御猫展昭关押在此？还当作是玉做的猫哪！"钟雄说："既然这样，将二位请进来。"闻华出来说："二位，我家大寨主有请。"智爷说："不了。我们也称不上什么贤士，也劳不得你们寨主大驾。他坐在屋中不动，还讲什么招贤？招点绿豆苍蝇还差不多。"那钟雄叫智爷这么一骂，倒出来了。出庭外，一躬到地说："二位贤士，小可有失远迎，望恕罪。"北侠答礼。智爷并不还礼，说："欧阳哥哥，你看上边的这个大匾'豹貔庭'三个字。据小弟想来，这三个字断断用不得。"北侠问："怎么用不得?"智爷说："这是当初文人用来骂那个不识字的山大王的! 据说虎彪配在一处，能生出豹。狮子配了狻猊，生出的是貔貅。豹、貔这两种猛兽，全都是杂交而生，怎么不是骂人?"寨主往前一步说："这位壮士所说不差，恳请你与小弟改改。"智爷说："原来是寨主，我只顾与我哥哥说话，望寨主不要见怪。"寨主说："奉求与小弟改改这三个字。"智爷说："不敢不敢。小可才疏学浅。"

寨主将两位往里让，北侠同智爷进入庭中。智爷抬头一看，见正北上面横着一块匾，黑字写的是"岂为有心"。智爷说："欧阳兄，这'岂为有心'，你可知道其中意思?"北侠说："不知。"智爷说："别看寨主统领水旱二十四寨，但他不知足，这里不过是个暂时的住所。此人胸怀大志，日后还想面南背北，统一天下呢! 因此是'岂为有心'。"

这句话说到了钟雄的心里，因为这个匾是钟雄自己写的。钟雄自己立愿，谁能猜透他的心思，就用谁当谋士。他虽然是受了襄阳王的邀请，王爷许下日后要与他平分疆土。但他早看出襄阳王不成气候，因此，他想得了江山以后就把襄阳王推倒，独揽天下。今日智爷把他的心事点破。他就知道此人聪慧博学，若留在山中当谋士，可算自己的膀臂。随即请北侠、智爷落座、献茶。钟雄深施一礼，又说："还是恳请阁下,与小可改改这'豹貔庭'。"北侠说:"贤弟,你给人家个痛快话行不?"智爷无奈,想想说:"这个'庭'改个'殿'字如何?"钟雄说:"好,但不知是什么殿?"智爷说:"用个'承运'二字如何?"钟雄一听,鼓掌大笑,连连夸好,就叫人将"豹貔庭"改为"承运殿",又吩咐摆酒。智爷一听摆酒,就知诈降计妥了,便假装起身告辞。寨主伸手强留,智爷无奈又归座。

酒过三巡。智爷想让北侠也显露本事,便说:"寨主爷有所不知,我兄长刀舞得好。就说他的一路万胜刀,我至今也没学会。"钟雄说:"尊兄会万胜刀?"北侠说:"倒也全都记得。"钟雄惊讶道:"这趟刀全会的可少,无论如何要赏给我们看看。"智爷说:"兄长,你就施展施展,又何妨。"北侠点头,遂将刀摘下来,就舞了一路。只见他一刀快似一刀,一刀紧似一刀,蹭蹦跳跃,闪辗腾挪,真称得起"手似流星眼似电,腰似蛇行腿如钻",蹭高纵矮,脚底下一点声音皆无。北侠这一趟万胜刀,把寨主爷看得直发呆,连连地叫好。

舞完,北侠回归本座,气不长出。钟雄又是一番赞叹。接着钟雄说:"二位,我有一言,不知当讲不当讲?"智爷说:"有话请说。"钟雄说:"我想与二位结为生死弟兄,不知可否?"智爷说:"我二人区区之辈,怎敢高攀?"钟雄说:"若嫌我是个山贼,就不必了。"智爷说:"寨主可别这么说。若要结义,不难,一定要学古人喝血酒、发宏誓才妥当。"钟雄一听,更愿意了。智爷又说:"咱们先沐浴,才好烧香。"钟雄叫喽兵带他们上沐浴房。

两人沐浴,北侠见无人,说:"起什么誓啊?我可怕遭报应。"智爷说："你不是没成家,也没儿子吗?"北侠说："没成家,哪来儿子? 日后我还要出家呢!"智爷说："艾虎是你义子,又不姓欧阳。要起誓时,就说:'要有二心,叫我断子绝孙。'"北侠大笑："这个好办,你哪?"智爷说："我呀,什么誓重我就说什么,天打呀雷劈呀。"北侠说："要应了誓,那可怎么好?"智爷说："不怕,我嘴里起誓,脚底下画'不'字。起誓时,'不'字当头,就是不叫天打雷劈。"北侠说："你可别写慢了。"沐浴完了,喽兵带路,直奔承运殿。

承运殿内早把香案预备妥当。水旱二十四寨各寨主都在殿外伺候着。智爷先说："寨主哥哥,你就烧香吧,不必谦让了。"钟雄点头,把香往上一举,插于香斗内。双膝跪倒,叩头说："过往神明在上,弟子钟雄与北侠、智化结义为友,有官同做,有马同乘,义同生死。若有二意,天厌之!"说毕,站起身来。香案上有一碗酒,将自己左手中指刺破,将血滴于酒内。北侠也是同样动作,叩头完毕,说："过往神明在上,弟子欧阳春与钟雄、智化结义为友,有官同做,有马同乘。若有二意,叫我断子绝孙。"钟雄说："哎! 言重了!"北侠暗笑："一点不重。"该智爷了,与前都是一样,唯独他跪在那里话最多,说："过往神明在上,弟子智化与钟雄、欧阳春结义为友,义同生死。如有二意,天打雷劈,五雷轰顶,不得善终,必丧在乱刃之下,死后入十八层地狱。"嘴里起誓,脚底下就画开"不"字了。大家结拜后不知怎样,且听下回分解。

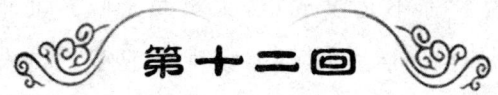

第十二回

狮子林对话遭偷听
卧龙沟沙龙逢凶险

　　且说钟雄与北侠、智化三个人磕了头，饮了血酒，重新摆酒菜，说了一会儿话。钟雄又领二人一同到后宅，见过钟雄之妻姜氏。智爷、北侠一看，这姜氏夫人端庄稳重，一团正气。接着又见到了钟雄的长女亚男，不过十四五岁，姿颜俏丽，公子钟麟，面白如玉，五官清秀，天生的福相。离开后宅，回到承运殿闲谈。夕阳西下，大家散去。众家寨主各自回寨。

　　剩下钟雄、北侠、智爷三兄弟一边继续饮酒，一边倾谈肺腑。钟雄说到了自己"岂为有心"那个牌匾的心意，因君山有王爷心腹，在众人面前不好说。又提到御猫展昭的事，智爷向钟雄保证可以劝降展护卫，钟雄大喜。天到三更，大家各散。寨主大醉，寨里早已安排北侠二人在狮子林安歇。

　　两人进了房间，把屋门关上。北侠把刀摘下来，挂在墙上，叹了一口气说："哎哟，这一天真把我难受透了！好个飞叉太保，被你我二人——"智爷一听，吓了一跳，猜着北侠要说飞叉太保被你我二人哄骗了。他也不想想这是在哪，倘若说出，就是杀身之祸。智爷马上接着说："不错，飞叉太保钟大哥把你我二人看作亲骨肉一般,可称得是一见如故哇!"
"哈哈哈"地一笑。就听见外面"飕"的一声,由窗户那往外
看,有黑影儿一晃。智爷过来,把窗户的帘子一拉,然后将灯
挪在小饭桌上,拿了一碗茶叫北侠,拿手指头蘸着茶水,往桌
子上写字,叫北侠瞧,写的是:"有人偷听,知道不?"北侠写:
"谁能像你那样机灵。"智爷写:"不机灵,能到这诈降吗?明
天咱们说沙大哥是你的师兄。咱们把他也请来。"二人说完
安睡。

你道外边黑影是谁?就是钟寨主的心腹家人,此人叫谢
宽,他特来此处探虚实。可倒好,除了开始听到的那两句,再
没听到说话,白等了半夜。飘身下房,穿透窗纸往里一看,原
来二人早已睡熟。谢宽只好返回与众人商议,因为很多人都
觉得他二人有诈,就瞒着寨主暗地调查。谢宽没查出线索,众
人商定随时注意二人言行,若查出劣迹,立即禀与寨主爷知道。

次日,北侠与智爷早早起来,面见钟寨主,几人谈话,就
论起展南侠的事。智爷说:"我先去看看此人。"钟雄说:"你
吃完饭再去吧。"智爷说:"这是目前哥哥心中最烦恼之事,小
弟办完才好吃下饭。"钟雄大笑说:"真乃我的臂膀!"叫喽兵
头前引路,智爷跟随。

到了关押展爷的地方,喽兵先去通报:"我家新寨主来拜
望你老人家。"展爷说:"叫他进来!"智爷故意大声咳嗽一下,
慢慢往里走。里面展爷听见咳嗽声耳熟,便往外看,好不惊
讶:"怎么智兄弟来到此处?方才报是寨主,他是官门公子出
身,怎么入了贼伙?哎哟!别是为救我前来行骗的!我且慎

重。"喽兵引路,给两位引见,说:"这是我们新寨主,这是展老爷。"展爷装着扭脸不瞧智爷。智爷暗喜,说道:"敢问你就是展老爷吗?"展爷暗道:"准是为我来的,不然怎么连我他都不认得了?我也装作不认得他。"展爷说道:"正是。"智爷说道:"展老爷在上,小可有礼。"展爷说:"这位寨主贵姓高名?"智爷说:"小可姓智,单名一个化字,人称黑妖狐。"展爷说:"久仰,久仰。我看寨主仪表非俗,为什么不思报效朝廷,却在这里,上也贼,下也贼,中也贼,哎哟!可惜了!"智爷暗道:"老展,我来救你,你倒拿我取笑。"智爷说:"本欲归降大宋天子,可也没有机会。展老爷在我们山上吃得不错吧?"展爷说:"不错。"智爷一笑,说:"听说展老爷来的时候,身体瘦弱,如今胖大得很。你吃了我们的贼饭,长了一身贼肉。"彼此大笑。展爷暗道:"我绕不过他。"智爷使了个眼色,将喽兵支出,重新拿指蘸着茶,在桌子上写字,就将从前都写清楚。智爷又写钟雄派他劝说展爷。写完,展爷又写:"钟雄再三劝我归降,我不降。你一趟就降了,怕他生疑。"智爷写:"我再来一两趟再说。"两人把主意定好。智爷就叫喽兵过来,自己告辞。

回到承运殿,见了寨主。智爷说:"他有归降之意,但苦于家眷在京,放心不下。我再去两次准行。"寨主闻听,欢喜非常,立刻摆酒。智爷等说:"怎么净喝酒?常言道'酒要少吃,事要多知。'议论大事要紧。"寨主问:"什么事?"智爷说:"据我看,咱们山中的人才太少。"寨主说:"上哪里请去呢?"智爷说:"在下认识一位老英雄,称得上一员虎将。"钟雄说:"是谁?"智爷说:"是我欧阳哥哥的师兄。此人姓沙名龙,人称铁臂熊。若把此人请出来，可为先锋。"其实不是北侠的师兄，智爷故意这么说的。北侠也跟着说："正是我师兄。"钟雄说："这个朋友咱们不能往山上请，他得罪了王爷，大概早晚就有性命之忧。"智爷一听，吓了一跳，嘴上说："没事，全有我哪。"钟雄说："贤弟，你可保准吗？"智爷说："保准。"钟雄一听欢喜，写信叫智爷亲自去请沙龙。

提到沙龙，此时在家中果然遭遇凶险。皆因沙龙拿了王爷的拜弟栾肖，王爷就立志拿沙龙与栾肖报仇。君州刺史姓魏名子英，他本是王爷手下之人，想在王爷面前立功，便设计将沙龙抓获，押往襄阳王府。魏子英心中高兴，在家中与心腹人一同饮酒庆祝。不多时，忽听外边一阵大乱。官人飞跑进来说："老爷，大事不好了！卧虎沟沙龙家的两个姑娘杀过来了，老爷快逃走吧！"你道什么缘故？原来沙龙有两个女儿，一个叫凤仙，美若天仙；一个叫秋葵，长得五大三粗，样子比男人还凶悍。姐妹两个武功都不错，大女儿凤仙会打弹弓，百发百中；二女儿秋葵，两臂一晃，力有千斤，谁也受不了，所以家人吓得四散奔逃。两人打了个够也没抓着一个人，好容易才碰上个前来拦路的，是个武生公子打扮，长着一对母狗眼，色眯眯地盯着凤仙姑娘，说道："小妞儿找我来了！可想死你大爷了。"这个"爷"字儿还未说出，凤仙一弹弓就给他换了个眼珠，秋葵接着一棍，结果了他的性命。欲知二位小姐如何救父，且听下回分解。

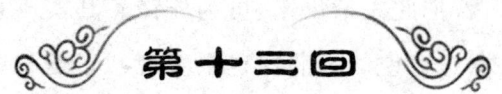

第十三回
扮男装姑娘遇黑店
戏弄人蒋平死得活

　　且说沙家的二位姑娘在魏府打死了一个人。迎面又过来一个，秋葵抢棍便打。凤仙说："住手，这是李叔父。"来者是沙龙的朋友李洪。就听李洪说："二位姑娘快走吧！你们打死魏大人的公子，罪名不小。赶快奔襄阳追你们父亲，救他。我不和你们多说了，怕有杀身之祸。"二位姑娘赶回卧龙沟家中，思量李洪之言，想着趁早追赶父亲。又因女儿之身不便，二人都换上了男子衣服，上马出西门，直奔襄阳。

　　智爷来请沙龙，扑了个空，听闻此事，吃惊不小，到处打听也没见着姑娘和沙龙的下落。只好回君山，见到钟寨主就说："大哥，不好了！沙大哥被王爷府的人捉去了！"说着还冲北侠使眼色，北侠急忙双膝跪倒说："求寨主哥哥救我沙大哥！"寨主爷一皱眉说："二位贤弟请起，你们的哥哥，不也是我的哥哥吗？只是怕王爷不准，事就不好办了。"智爷说："寨主哥哥只管放心，只要有你的一封信，我亲自去见王爷。凭我三寸不烂之舌准保能说服王爷。"钟雄说："既然如此，我就写信。"将信封好，交与智爷。智爷告辞，直奔襄阳。

　　闲话少说，智爷见到王爷，施大礼，趴伏于地，口称："小臣智化,给王驾千岁叩头,愿王驾千岁,千岁,千千岁!"王爷久闻此人之名,见此人,不由地欢喜,叫人赐座。智爷说:"谢座!小臣奉我家大寨主之命,有一封书信献与王爷。"王爷接信,看毕,说:"智寨主,你家大寨主无论什么事,孤没有不应的。唯独此事,孤不能点头。拿了沙龙要与栾肖抵命的。"智爷又跪倒说:"小臣斗胆奏请王驾,千岁不久就要兴兵,正是用人之际。栾寨主人死不能复生,再说也怪不得沙龙,都是各为其主。若能劝降沙龙,小臣好有一比:栾肖比一犬,沙龙比一虎。失了一犬,得来了一员虎将,可是王驾的福分。"王爷说:"你说得确实有理,只怕他不降。"智爷说:"他若不降,小臣就把他带回君山,大众苦劝,没有不降之理。"王爷说:"降也是降你们君山。"智爷说:"就是降我们君山,也是辅佐王驾,共成大事。要兴兵之时,我们在前边开路,托王驾之福,旗开得胜,马到成功,早早推倒天子,王驾千岁不就登基坐殿了吗?"王爷听着大乐,说:"怪不得常听人夸奖你,今日一见果然高明。你不如留在府中给孤作谋士吧。"这句话把智爷吓了一跳,暗想:"君山诈降计已成。我若在王府,那边可怎么好?"急忙又叩头说:"王驾千岁驾前有雷王官。此人文武全才,广览兵书战策,运筹帷幄之中,决胜千里之外。王驾手下有此人,何必用小臣。君山每遇操演水旱喽兵,非小臣在旁不可。如今新演了几个阵势,都是小臣的主意。若留在府内,岂不误了君山?"雷英也说:"智寨主所言不差,不如叫他回君山为好。"雷英怕有了智爷,显不出他来。王爷说:"既然这样,你就将沙龙带回君山去吧。"智爷再三叩头。带沙龙回君山,暂且不表。

　　且说二位姑娘女扮男装行路,天晚遇到一家叫"婆婆店"的客栈,便下马前去敲门,不多时,里边婆子说:"没地方了,别处去吧。"秋葵说:"不行! 不开门就砸了。"婆子说:"你砸吧!"就听见"咣啷"一声。婆子说:"哟,反了!"把门一开,打着灯笼一照,瞧秋葵那样,吓了一跳:"愣小子,有本事你还敢打我不成。"秋葵真要打,被凤仙拦住,转身与婆婆行礼说:"他是我的一个丑小厮,妈妈不要与他一般见识。天太晚了,我们不敢前进,恳请收留,就是在院子里站一夜,也如数给钱。"妈妈见凤仙说话恭敬,长相又端正,说:"我这人吃软不吃硬,听你这么说,就是把我的屋子让与你,都行。"

　　进了房间,婆子问:"相公贵姓? 府上哪里?"凤仙说:"我住卧虎沟,叫艾虎。"姑娘为什么说她叫艾虎? 只因家里出事,不敢实说,一时想到艾虎哥哥的名字就说了。婆子预备酒菜。二位姑娘刚吃了三杯酒,翻身倒地,口吐白沫。婆子进来一笑:"上了妈妈的当了。"还冲着秋葵说:"怎么不哼了?"过去拿包袱。正瞧呢,院子里有个姑娘的声音,问:"妈呀,又做伤天害理的事哪?"妈妈说:"顶好的相公,叫这丑小子要了命了。"姑娘乳名叫兰娘,一身的本事,是九头狮子甘茂之女。此处地名叫娃娃谷。

　　兰娘听见"相公"二字,进门一看,不觉心动,苦苦要求婆子救活他。婆子说了句:"女大不由娘啊!"便取来凉水,把凤仙灌醒。婆子倒是个爽快人,见姑娘喜欢,张口就向凤仙提亲。凤仙想,自己是个女儿身,可也不能直说。就推辞道:

"妈妈快住口,少爷我也是宦门公子,怎能要你这黑店的女儿。"兰娘听着,气不打一处来,就动起手来。不多时,凤仙落败,被母女俩捆了起来。妈妈说:"生死路两条,你可想明白点。"凤仙想:"我死了,秋葵也活不了,谁去救爹爹?不如应了此事,就当是给艾虎哥哥订门亲事。"其实沙员外和北侠早把凤仙和艾虎的亲事说定了,只是凤仙自己不知道。她若知道配了艾虎,也不能阴差阳错,今日又定了兰娘。

凤仙点头同意,婆子高兴,索要订礼,她拿出了一块碧玉佩,交与妈妈。可巧这是北侠给她的,暗里是她的订礼,凤仙不知,又给了兰娘。接了订礼,两下也亲近起来。凤仙把秋葵灌活,说了一遍经过。秋葵先是有气,后来听说给艾虎哥哥订了亲,也就罢了。婆子和兰娘出去预备晚饭。兰娘在院子里说:"妈,你把上房屋那个瘦鬼也救了吧,今天是好日子。"妈妈说:"我恨他耍笑我。"兰娘说:"得,你行点好吧。"

甘婆子过去把那人救醒,谁知那人一醒,便嗷嗷乱嚷:"哈哈!敢害你蒋四老爷。"动手就打。你道蒋四爷因何在这里?只因去五柳沟找柳青,误走娃娃谷,才进来投宿。蒋爷爱开玩笑,听婆子说:"当家的去世了。"便戏耍说:"我内人也死了,咱们正好凑做一对。"又叫婆子"小亲家"。婆子受不得玩笑,起了杀念。用蒙汗药把四爷迷倒,正要杀,听有人叫门,才未动手。此时,四爷被灌醒,起来二话不说,就和甘婆打在一处。若问后事如何,且听下回分解。

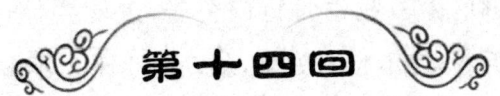

第十四回

盗发替柳青受哄骗
设骗局二侠假投降

且说，蒋平与甘婆正动手之际，甘婆招架不住，大喊："姑老爷，救命！"凤仙两姐妹闻声赶过来一瞧，凤仙惊道："原来是四叔，侄男有礼。"蒋爷一怔，停手说："你们怎么到这里来了？"婆子哎哟了半天，说："原来你们认识哦！"蒋爷说："怎么会不认得呢？他是你什么人？"回答："我们姑爷。"蒋爷说："哦？你知道他叫什么吗？"凤仙冲四爷使眼色。婆子说："他叫艾虎，不是吗？"蒋爷会意，说："对对，是艾虎。冲着你们是亲戚，就赏我点好酒喝吧。"婆子去取好酒。

蒋爷问明情况，对凤仙说："你智叔父必能救你父亲。你二人明日投奔金知府那里，我回头找你们。"凤仙点头。甘婆进来摆酒，大家同饮。婆子问蒋平："你到底是谁？"蒋爷说出名姓。姑娘问："四叔往哪去？"蒋爷说："上五柳沟请柳青。"婆子说："呀，巧了，柳青是亡夫的小徒弟。我们大徒弟是云中鹤魏真；二徒弟是我侄子小诸葛沈中元；三徒弟就是柳青。"蒋爷说："九头狮子甘茂是你什么人？"婆子说："正是亡夫。"蒋爷说:"那就对了!"婆子说:"说起来都不是外人,你给我们做个媒吧。"蒋平心想:反正准有个艾虎,不算骗他。于是点头。蒋爷对婆子说:"以后不能再做这个害人的买卖了。你女儿给的艾虎,可是智化的门人、北侠的义子。"婆子答应。

次日,蒋爷告辞,直奔五柳沟,到了柳家,没见着柳青,只见到老管家柳安。柳安说:"柳员外去了玉皇阁庙里听经。"蒋爷立即赶奔玉皇阁,直到第二日到庙,有人说柳员外回家去了。蒋爷转身又回五柳沟,到了家中,有人说员外又上庙去了。蒋爷回庙,又说回家去了。来回折腾了四趟,蒋爷一翻眼,想:"明显是老柳不想见我,出的损招。看我怎么对付他。"这回蒋爷又到柳青家,径直走了进去,进屋就吩咐看茶,喝完茶又要酒菜,一直喝到天黑掌灯。四爷假装大醉,说:"老柳,这日子你不用过了!"拿灯一烧窗户。家人吓得往外跑,嚷:"四老爷放了火了!"柳青跑出来观看,蒋爷一把揪住说:"姓柳的,说话不算,你就是个妇人。"柳青说:"你真要盗簪?"四爷说:"那是!"柳爷说:"屋里来。"两人对坐,柳青说:"盗哇!"蒋爷说:"有言在先,连盗带还,一个时辰。你把簪子拔下来,让我的小搬运童儿瞧瞧。"柳爷拔了簪子,递过来说:"什么搬运童儿?"蒋爷瞧簪,还是那个水磨竹的。四爷说:"我搬运童儿是黎山老母的徒弟,还能呼风唤雨呢!"柳爷说:"你别胡扯了。"蒋爷说:"把簪子带好,我要施法术了。"柳爷瞪着眼睛看着。

蒋爷笑呵呵地说:"盗之前,你我二人把两只手放在桌上,只叫搬运童儿去盗。"柳青半信半疑,将手放于桌上。蒋爷两只手压住柳青两只手,说:"小童儿,去把他那簪子拔下来。慢慢走,上腿了,上肩膀了。"听得柳爷直发毛,说:"我怎么看不见?"蒋爷说:"你是肉眼凡胎,怎能和我的慧眼相比?"柳爷连肩带脑袋乱晃。蒋爷说:"别晃,你闪了我童儿的腰了!哎呀,盗下来了。"柳爷不信。蒋爷抬起一只手来,往上一翻,用手背压着柳青的手,说:"你看,簪子!"柳爷一看,果然是他的簪子,说:"呀!病夫,你真有些鬼鬼祟祟的。"蒋爷说:"光盗还不足为奇,还要给你戴上。"柳爷说:"只要一个时辰内能戴上,我就认输。"蒋爷说:"连盗带还,我看用不上一个时辰吧?"柳爷说:"这时戴上,可没一个时辰。工夫一大,就过了。"蒋爷说:"早戴上了。"柳爷不信,蒋爷把双手收回,说:"自己摸。"柳爷一摸,果然戴上了,说:"怪哇!"

蒋爷说:"你说吧,跟不跟我出去?"柳青说:"大丈夫,愿赌服输!但你得把这盗簪的法子教给我,才随你出去。"蒋爷不从。柳爷说:"你告诉我,我再不去,我是个畜类!"蒋爷只好说了实情。原来蒋爷自打五接松看了他这只簪子,就照样买了一个。柳爷听完,一把抓住蒋爷说:"好个病夫,原来是两个。"四爷说:"可不是两个?我实在没法。你出去呢,咱们大家报仇;你不出去,我就死在你眼前。"说罢,跪下哭道:"你看着办吧。"闹得柳爷没法,也哭了,说:"四哥,我出去就是了。"

次日起身，蒋爷叫多带薰香，直奔晨起望。一路无话，到了路、鲁家见众人。不一会儿，智爷也打外面进来，互说一遍经历。蒋爷说："智贤弟下一步如何？"智爷说："里头人少，再让几个人去。"蒋爷说："谁合适？"智爷说："丁二爷、柳爷，你们二位假充表兄弟。柳爷送二弟去，你假装不降，苦劝再降。二爷你别说真名姓，就说叫赵兰弟。"丁二爷的兄长叫丁兆兰，所以二爷一笑，说："好。"智爷安排好了，起身回了君山。

次日钟雄用完早饭，喽兵报："虎头崖下来了两个投山的。"钟雄转头对智化说："贤弟，你去看看情况。"智爷点头出去。去了多时，进承运殿说："小弟把两个投山的带来，给哥哥过过目。"钟雄一瞧，门外进来两位，仪表不凡：一个是银红色武生打扮，面似桃花，细眉朗目；另一个是蓝缎短衣襟，面若银盆，粗眉大眼。钟雄看了大喜，说："请问二位贵姓高名？"柳青说："寨主在上，小可柳青，人称白面判官。这是我表弟，叫赵兰弟。因他父母双亡，还有点能耐。但我怕他年纪小，走错路。听说寨主挂招贤榜，特将他送来，跟寨主学点本事。不知可否收纳？"钟雄说："哪有不收之理！"柳青说："如此说来，感激不尽，在下告辞了。"钟雄说："不是说你们二位一起吗？"柳青说："小可家中又是买卖，又是地，实在不能耽搁。"钟雄和智爷苦劝，这才点头不走。

智爷又把展昭和沙龙等人请来，钟雄摆酒。酒过三巡，智爷问道:"赵兰弟肋佩宝剑,必是好剑法。"二爷说:"才学,不敢说好。"智爷说:"过谦了。不如施展剑法,叫我们欣赏欣赏。"二爷回答:"本领不佳,不敢出丑。"柳青说:"你就舞一趟,好让众位指教指教。"二爷点头,抽出宝剑,剑光闪闪,夺人耳目。钟雄一瞧,暗暗惊讶,就知道二爷的本领不错。再看二爷,手中这口剑上下翻飞,蹿高纵矮,一点声息皆无。人人喝彩,称好剑法! 一套招数舞完,气不长出,面不改色。智爷鼓掌说:"我这个人没够,我们这里还有一位想陪你走一趟。"说完转身冲着展爷一鞠躬,说:"展大哥,我是深知你的剑法高明,故此恳请。寨主爷爱看双舞剑,山中会剑的太少,这位赵兰弟与大哥,你们二位可称是棋逢对手。"展爷说:"这倒不难,只是我没有宝剑在手。"智爷说:"有啊! 来人,去五云轩,提大寨主的令,把剑取来。"钟雄吓了一跳,暗说:"不好,智贤弟假聪明,展昭投降不定,要将宝剑还他,一翻脸,他那口剑谁能抵挡?"钟雄暗暗使眼色,干咳,智爷总不看他。

不多时,剑取来。展爷也就明白了,暗道:"好个黑狐妖,给我诓剑哪!"北侠众人也全明白了。智爷笑着说:"平时大哥最爱看双舞剑,今日准对意趣。"钟雄心想:"谁爱看了,是你吧。"因此也不看大家,低头生闷气。智爷又道:"你二位点到为止,谁也不许伤着谁。"二人捧剑,丁二爷说:"展寨主手下留情。"展爷听着刺耳,暗说:"二舅哥,你也拿我取笑,管妹夫叫起寨主来了! 可别怪我,我也闹你一句。"说:"赵兄弟手下留情。"二爷瞪了他一眼,委屈着说:"岂敢!"北侠等人暗笑。说毕,二人动手。

好一双英雄,看了这次舞剑,再也不用看别的了。二人施展平生的武艺,蹿蹦跳跃,闪辗腾挪,轻若猫鼠,敏若猿猴,两人这才叫棋逢对手,将遇良才,把大家看得眼都花了。再加上二人的品貌、武器全好,真算是世间罕有。钟雄虽然不高兴,但他是个行家,把两眼都看直了,比别人更入神。待两个人收住架势,互相说道:"承让! 承让!"钟寨主忍不住拍手说:"实在高明!"眼睁睁地看展南侠把宝剑挎起来了,钟雄又心烦了,得空向智爷使了个眼色,把智爷调了出去。欲知商量何事,且听下回分解。

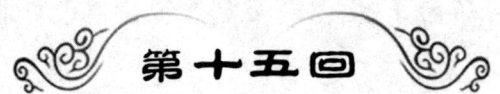

第十五回

钟寨主贪酒被擒获
亲姐弟逃难险中生

且说钟雄趁机将智化叫了出去。来到外边，钟雄说："贤弟，你言多语失，那个姓展的，降意不准，宝剑到了他手里，不是纵虎归山吗？"智爷说："就是为这个事？这是我成心给他的。"钟雄说："你可知道那剑的厉害？"智爷说："我怎么不知？但请人家降山，又不给人家宝剑，是何道理？"寨主说："依你之见？"智爷说："一会儿小弟进去，就说哥哥叫我出来商量叫大家一同拜把子。有不愿意的早说。"钟雄说："他若不拜？"智爷说："他若不拜，用酒灌醉了，再结果了他，宝剑就归哥哥。"钟雄说："罢了，贤弟比我强百倍。"

说毕，二人回席。智爷说："寨主将我叫出去，跟我说想让大家一起结拜的事。哪位不愿意，趁早提出来。"只有展南侠一怔，说："我本是该死之人，蒙寨主这般错爱，哪有不愿意之理？但我的家眷都在京城，怕有抄家灭门之祸。"智爷说："只要你愿意，将家眷接到山上，还怕什么？"于是众人沐浴结拜。沙老员外居长，依次为钟雄、北侠、展爷、智化、柳青、赵兰弟七人。众人一起喝了一天酒。安置柳爷、赵兰弟的住处，不在话下。

过了两三日,智爷偷空到晨起望,细话说了一遍诈降的经过,大家笑了一回。智爷又说:"拿钟雄的日子定在冬至月十五,他的生日。那天寨里喝酒庆祝。我们准备把寨主灌醉后,将他盗出君山。你们在外头接应。"与蒋平商量妥当,智爷起身回山。

且说智爷悄悄将信火带进寨,暗地把任务派好。到了十五日早晨,钟雄穿上百寿袍,在承运殿摆开酒席,后寨婆子服侍着姑娘、公子来给寨主拜寿,钟雄看着一对儿女,十分欢喜。接着,各寨寨主们都与钟雄拜寿。钟雄高兴,与众人开怀畅饮,直到日落,众家寨主告辞。钟雄又与几个知心好兄弟一处再饮。天到初更,智爷说:"我出去巡视巡视。"钟雄说:"贤弟受累了。"

智爷出来,将到丰盛寨,见众喽兵排班站立。智爷一问,知道是他们的寨主不让喝酒。智爷问:"你们爱喝不?"有人说:"我们都馋出口水来了。"智爷说:"先让五十人别处去喝,等回来换另外五十人。来回一换,就全喝着了。可别说是我说的。"大家欢喜。智爷去后,先走五十人,喝上就不回来了;又走五十人,也不回来了,最后全走了。寨主瞧见,一生气,也喝起来。智爷又到一寨,见有二百来人也没喝,又教他们同一招。巡视一圈,智爷转回承运殿,此时,钟雄已经烂醉,让小童搀到五云轩休息。智爷和众人把鼻子堵上,悄悄拿出薰香盒子,先把小童熏倒。然后进去,拿迷魂药饼儿按在钟雄顶门心上,用绳子一捆住,把他背了出去。

到承运殿点信火,信火腾空。后宅老家人谢宽,带着儿子谢充、谢勇和一百名短刀手,见信火一起,道声不好,立即杀奔前来。正到后宅门,沙龙横叉挡住,说:"寨主已睡,有事明日再来。"见二支信火起,家人急了,说:"再不叫进去,我们可要得罪了。"沙爷说:"你想怎样?"一抖手中叉。谢宽两个儿说:"爹爹躲开。"说着,暗器就出来了,还好沙爷反应快,不然就中了暗器。只好退走,众人并不追赶,都奔五云轩去看寨主。

沙爷赶上智化他们,已将近小飞云崖口,此时后面追兵也陆续赶来。小飞云崖口是直上直下,山口不宽,上面横着滚木,两边用绳子兜住,有四名喽兵拿着刀听吩咐。刀剁绒绳,滚木往下一滚,就能把人砸成烂泥。北侠是两只夜眼,看得清楚,便从旁路往上一蹿,将要到上面了,闻华叫:"放滚木!"北侠冲上去,把喽兵冲散,不忍杀人,反与闻华交手。沙龙众人见北侠成功,随后背着钟雄向外撤。智爷一个人留下做掩护,和追兵拼在一处,稍不留神,中了于义一镖,被喽兵拿住。

此时,君山外面火光冲天,杀声震耳,原来是蒋四爷带人从外面向里杀。四爷迎到了沙龙众人,暂且不表。

单说君山后宅,听说寨主出事,钟夫人便叫家人武国南、武国北两兄弟带着少爷、小姐赶紧逃命。小姐上马,武国南背着钟麟,武国北拉马,出了后寨门,走在路上,武国北早就垂涎钟小姐的美貌,今日得着机会,便与国南商议想迎娶钟小姐之事,却遭到国南一顿痛骂。国北心里有气,恰巧路过万丈崖边,一脚踹在国南腿上,国南连带公子就坠下深渊。

姑娘一急,也要蹿下去,却被国北死死揪住,拉着马扑奔正北。

说书的一张嘴,难讲两家话。前文说智化中镖被擒。此时已被押进承运殿,众人对他恨之入骨,都嚷着要剐了他。智化一阵哈哈狂笑。于义说:"死到临头了,你乐什么?"智爷说:"我笑你们全是些糊涂人。我们虽把寨主盗出君山,可不是杀害他,是要劝他作大宋的官。我今天纵然一死,也占了忠、勇、仁、义几个字。"于义大笑说:"这几个字你也配?"智爷说道:"我身无官职,定了君山,算是为国家除了大患,先占个'忠'字。君山如铜墙铁壁一样,万马千军也破不了,我们敢进来,可占个'勇'字。用酒将你等灌醉,都杀了,岂不省事?连一兵不伤,我占个'仁'字。难道说我们不会四下放火,让你们首尾不能相顾,出去岂不省事?不放火烧山,我占个'义'字。今日智某被拿,你们竟没有一个去问夫人是留是杀。寨主刚不在,就都想着私自作主,真是可笑。"说毕又笑。有人说:"杀了吧。"于义、谢宽说:"不可,他讲得有理。"

说毕,押智爷至后寨,到了里边,见夫人,智爷双膝跪倒说:"嫂嫂,小弟与你老人家叩头了。"夫人也不看他,说:"智五弟,今儿让你们把寨主拿了,一者是大宋之福;二者是你们个个都不凡。只怨寨主爷不好,我苦苦相劝也不听。我又何故逆天行事?来呀!把智五爷的绑松了。"婆子把智爷绑解开。夫人说:"五弟,我放你走,等着你寨主剐的时候,将他的尸骸成殓起来,就算尽了你们结拜的义气了。"智化说:"嫂嫂别多想,你就等好消息吧。"夫人说:"你快走吧!"婆子往外一推。

黑狐妖智劝众贼寇

　　智爷出来，不敢往前寨去，怕再被人捆上，就不好脱身了。离开了后寨门，急急赶路，忽然听见有人叫"智五叔"。智爷一看，山崖下不远处的一棵柏树上，挂着钟麟主仆二人。智爷把他们救了上来，问清情况，嘱咐他们一定要上晨起望路、鲁家中去。说完，智爷急忙提刀扑奔正北追赶国北。不到三里路，看见小松树上捆着小姐，国北拿刀威吓。智爷蹿入树林，一刀正中恶贼的胸膛，救了小姐回晨起望。且听下回分解。

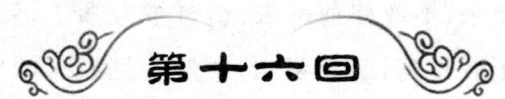

第十六回
钟雄听劝骨肉团聚
雷振闲聊泄露机密

　　且说国北丧了良心，将亲哥哥踢下山，又拿刀威逼小姐，被智爷一刀开了膛。智爷哄着小姐上马，直奔晨起望。

　　再说国南，背着公子，担心去晨起望送了公子的性命，转路投奔岳州府。整整走了一天，见前面长河拦路，上了一只小船。到了河中央，不料，船上的水手一把将国南推进河里。国南喝了几口水，好容易爬上岸，走了不知多远，既看不见船，也找不着公子，心里一难受，就把腰带解下来，挂在树上，泪眼汪汪地寻了短见。

　　少时，苏醒过来，见旁边站定一人，二十来岁，此人就是艾虎。在墨花村收到师父的信，急着赶来助阵，到此已是十六日了。艾虎问道："你为何上吊？"国南哭着说："我和我家少主人在船上，让水手把我打下水去。失去了少爷，没脸再见我家主人。"艾虎说："活着说不定还有机会呢。谁叫我赶上了呢，我帮你找人去。"国南千恩万谢。

　　二人奔西南，走了不下二里路，见一家客店，门上写着"婆婆店"。艾爷敲门，里面婆子将二人迎了进去，走至院中，就听东屋里有人说："我找我武大哥。"国南听是钟麟的声音，便拉了艾爷一下,说:"艾恩公听见没有?"艾虎说:"别急,有我哪!"婆子问:"你们这位怎么浑身湿淋淋的?"艾爷说:"你别管。"来到房间,国南换了衣服,就悄悄跑去东屋偷听。你道怎么如此凑巧,在这里碰见钟少爷?不是有句话叫无巧不成书嘛,钟麟被几个水贼转手卖给了人贩子,此人正准备去岳州府卖人,暂且在此处吃饭。就碰见了。

艾爷叫点灯,婆子问:"客官贵姓?""我叫艾虎。"婆子说:"你叫什么?"又说:"艾虎啊!"婆子想:有同名同姓的也正常,又问:"你家在哪里?"艾虎说:"卧虎沟。"婆子一听,眼都直了,气哼哼地问:"你们一沟有多少艾虎?"说:"全叫艾虎。"婆子心里一千个不乐意,转身出去准备酒菜。国南进来,说:"恩公,那屋里打我们公子哪!"艾爷跑出去听,那边钟麟说:"找我武大哥。"回答:"咱们这就找你武大哥去。"又听见"叭叭"乱打的声音,孩子直哭。那人喊婆子:"我们走了。"婆子说:"好,我给你们开门去。"国南说:"他们要走。"艾虎说:"走了才好办!你在这等着。"艾虎"噌"地蹿出墙外,追上那人,上去一刀,结果了他的性命,扔在山沟里。背起公子,说:"我带你去找武大哥。"

回到店中,见武国南倒于地上,口吐白沫。钟麟说:"我武大哥睡着了。"艾虎问:"你叫什么?住哪里?"说:"我叫钟麟。住在君山,我父亲是飞叉太保,叫人家给抓去了。我跟着武大哥逃难哪。"艾虎暗暗欢喜,说:"你武大哥中了蒙汗药了。这是贼店,等我把她拿了。你可别出声,在这边躲着。"说着艾爷倒地装死。婆子进来一看,说:"看你还敢叫艾虎

——"话没说完,腿就叫艾虎给抓住了,艾虎骑上便打,婆子嚷道:"姑娘快来!"兰娘赶来,她哪里是艾虎的对手,几招落败。艾虎接茬骑着婆子打,婆子苦苦哀求,方才停手。没过门的女婿打丈母娘,就打这留下的。

婆子说:"你要不假充我们亲戚,我们也不能害你。"艾虎说:"谁是你们亲戚?"婆子说:"卧虎沟艾虎是我们姑爷。"艾虎一笑,说:"怨不得哪!你见过你们姑爷没?"婆子说:"见过啊!长得雪白粉嫩的。"艾虎说:"害苦我了。有媒人没有?"婆子说:"有,蒋四老爷。"小爷说:"呀,我四叔!这就好了。你可以打听,卧虎沟艾虎没两个,外号人称小义士,北侠是我义父,智化是我师父。错了,我输脑袋。"婆子听了一怔,暗道:"这个要是真的,比那个还好。长得俊、结实,本领也好。"婆子将国南救醒,主仆重逢,悲喜交加。次日起身,婆子饭钱一概不要,想着见蒋四爷再说。

国南说:"艾恩公,咱们要分手了。我们去岳州府。"艾虎说:"你陪着我多绕两步,上晨起望吧。"国南说:"就是不去晨起望!"艾虎说:"不去不行,我奉我师父、义父之命,特请你们去。"国南说:"你师父、义父是谁?"艾虎说:"北侠是我义父,智化是我师父。"国南一听:"哎哟!害苦了我了!"艾虎说:"你要不去,我把你杀了,我带公子去。"国南说:"这是我们命该如此。跟我们寨主死在一处就是了。"言毕,一同起身,暂且不提。

再说展南侠大众出君山,一点人数,少了智化。谁也不知,唯独柳青说:"过小飞云崖口,我听见'哎哟'一声,大概是被捉了。"丁、展要回君山去救智爷,被蒋爷拦住,说:"他和我一样,只要嘴能动,就死不了,快走吧。"众人赶回晨起望。次日申时,智爷带着钟小姐到,又过一日,艾虎带武国南、公子也到了。众人将钟雄搀起来,拿掉了迷魂药饼,在后脊背上拍了三掌,迎面吹了一口冷气。钟雄悠悠睁眼一看,见智化,问:"贤弟,我这是怎么了?"智爷双膝跪倒,就把事情的经过细说了一遍。又恳切地劝道:"哥哥,王爷怎能成其大事?你是聪明反被聪明误,大势一坏,哪有命在。小弟实在不忍看哥哥送命。你若降了大宋,小弟等万幸;你若不降,小弟等一头碰死在你面前,算是尽了交友的义气。"旁边连公子小姐同说:"爹爹降了吧。"大众全跪下,一口同音劝降。钟雄说:"智贤弟,你为我可是不容易,操了不少的心。你救了我这一对儿女,保住钟氏门中的一条根苗,钟某人永不敢忘。"说着,钟雄早已跪下,又说:"众位老爷,我叛君反国,罪该万死,如今大家必是看在我智贤弟的份上,不肯将我凌迟处死。我戴罪之身,怎能受得起众位如此大礼?我今天降了大宋,假若口是心非,必叫我死在乱刀之下。"大家同说:"言重了。"

众人互相见过,智爷说:"事不宜迟,早些回山,省得我嫂嫂担心。"钟雄说:"好。"智爷说:"你降了大宋的事,暂且不能叫王府知道;他若知晓,就不能再供粮饷了。"钟雄说:"好。咱们回山,把你侄男女留在此处吧。"智爷说:"哥哥多此一举,你不是那反复无常的小人。把侄男女押在这里,是何苦呢?"说毕,叫武国南背了公子,带着小姐一同前往君山。

智爷用手一指说:"哥哥,可别叫他赵兰弟了。"钟雄说:

"怎么？"智爷说："此人是松江府墨花村人士，姓丁双名兆蕙。"钟雄说："是双侠呀！怎么不说真名姓哪？"智爷说："成心骗你的。南侠、北侠、双侠皆投降，你不怀疑吗？"钟雄说："你真乃高才。"随说随走，就到了君山。钟雄大摆宴筵。酒过三巡，智爷要了君山的花名册叫卢大爷和徐三爷拿去呈给颜大人。智爷又说："这下可好了，我们就剩破铜网阵了。"钟雄说："破铜网可不容易呀！你们知道是什么人摆的吗？"蒋爷说："是雷英。"钟雄说："不是。我先前也以为是他。有一次，王爷请我上府里住了几天，雷英和我喝酒，透露了他有个义父叫彭启，会五行八卦，西洋的法子奇巧古怪。铜网阵是他暗地里出的主意，雷英称的名。如今他就住在雷英家中。"蒋爷说："巧了。我在丹江口救过雷英的父亲雷振。我没告诉他真名，我说我叫蒋似水。有这个活命之恩，要说见这个彭启，大概容易。"智爷说："这倒是很好的机会。"

　　蒋爷决定去请彭启，急匆匆赶到雷家，蒋爷叫门。雷振听说恩公来了，亲自迎接。蒋爷落座，雷振拜了又拜，随即献茶摆酒。雷振问："恩公怎么到此？"蒋爷说："路过此地，忽然想起老兄，特地看望一下。老哥哥，怎么你这院子没有东西厢房，四个小门也没门槛？"雷振说："无怪你瞅着奇怪。只因我有个毛病，吃完饭非睡觉不可。你侄子怕我消化不好，做了一辆小铁车，是个自行的车子。我坐在上边，可以随便控制它的方向。坐车满院子转几趟，食也消了，也不困了。"蒋爷说："贤侄还有这个能耐呢！也求贤侄给我做一个吧。"雷振说："不瞒你说，这其实也不是他做的。我儿子有个干爹，姓彭名启，字焰光，实际上是他做的。"蒋爷说："此人现在哪里？"雷振说："就在咱们家里。"蒋爷说："好啊！请过来一同饮酒。"雷振说："不行！此人性情古怪，连我都不愿搭理，他觉着我是个粗人，不配与他交谈。我想着咱们儿子跟人家学本事，也就忍他了。"蒋爷暗想："请不出来，也没关系，知道他住哪里，就趁夜间把他盗出来。"欲知能否盗出彭启，且听下回分解。

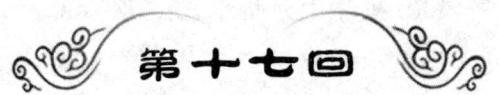

第十七回
返魂香盗出彭老头
阎王殿招供画阵图

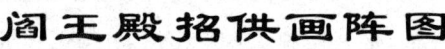

　　且说蒋四爷从雷振口里打探到了彭启的消息,心里自是高兴。忽然间,门帘一起,打外边进来一人:身高八尺,粗眉大眼。蒋爷要起身,雷振拦住说:"这就是你侄子雷英。"雷英听说是恩公,连叩三个头,起来斟酒。说了一些话,雷英出去。蒋爷心里知道他是去见彭启,便假意四处溜达,东瞧西看,就出了屋子。跟雷英进了东院,蒋爷见雷英连蹿带蹦,就知这院内设了五行阵局,加着万分小心跟着。雷英一到里面,里边人说:"我儿不在王府,来此做什么?"雷英说:"王爷听闻君山降了大宋,不知是真是假,请你老人家占算占算。"彭启说:"这有何难?"随即拿出天地盘一摇,"哎哟!"连说"不好",问雷英:"你把什么人带进来了?"雷英说:"就是孩儿一人进来。"彭启说:"不能。外面有人,出去看看。"把蒋爷吓出一身冷汗。

　　雷英出来,蒋爷忙假装要推隔扇门,雷英说:"恩公怎么会走到这里来了?"蒋爷说:"我拿腿走的。"雷英说:"万幸!你真是好运气,这里走错一步,轻者带伤,重者得死。"蒋爷一听,故装发抖,说:"不是吧。我不敢走了,你抱我出去吧。"雷英把他搀了出去。蒋爷独自回屋,和雷振又聊起了刚才去彭启院中的事,雷振也不隐瞒,把院中机关全说给了蒋平。蒋爷称有事告辞。见了大众,细说了一遍经过。智爷说:"事不宜迟,晚上我们就去盗人。"

晚间,蒋爷、柳青、智化、展爷四人摸进雷府。彭启尚未睡觉。四人戳穿窗棂纸,见彭启在那里打坐。忽然间,见他摇了摇天地盘,"唔呀"了一声,说:"你们好大胆!全来了。"连南侠带智爷都吓了一跳。柳爷也是吓得浑身乱颤,把薰香点着,彭启说一句:"这是什么味?"就翻身倒地。智爷哈哈大笑。蒋爷说:"你这么大声音,小心叫人听见了。"智爷说:"是可笑么!他能算,怎么没算出咱们点薰香来呢?"说罢又笑。大家小心翼翼地走进去,智爷把迷魂药饼给彭启按在顶门上,用绳子勒住,然后搭起,放在展爷脊背上。众人按着旧路出来,坐车直奔晨起望。

到了晨起望,飞叉太保钟雄迎出来,打听盗彭启的情况,众人说了一遍,又商议如何叫彭启招供的方案。商议妥当,蒋平到里屋,把迷魂药饼起下来,彭老头好半天才睁开眼睛,见眼前站着个瘦弱枯干的老爷,高不满五尺,其貌不扬,很是迷惑。那人一笑说:"彭老先生,你认得我不?"彭启说:"不认识。"回说:"我叫蒋平,字泽长,人称翻江鼠,奉按院大人之谕拿你。似你这般能耐,不至于不懂得天道循环,为什么助纣为虐,帮着襄阳王摆铜网阵,害死白护卫?大人要拿摆铜网阵的人,与五爷报仇,我才将你拿到此处。咱两个说句私话,你只要把铜网阵里边的消息说明,我们大家去破了铜网,算是你的首功一件。你要愿意为官,我给你求求大人。"彭启听了这套言语,暗想:"自己所作之事,说出来就是剐罪。"说:"蒋四老爷,我都是九十多岁的人了,老糊涂了。方才你说什么铜网阵,我可是没听说过。"正说着,外边有人嚷道:"大人升堂了! 带彭启!"蒋爷说:"就到。怎么样? 你要一点头,就不用带你见大人了。"彭启说:"我一概不知。"蒋平说:"来呀! 把他锁上见大人去。"官差过来,往头上击了一掌,彭启就晕了过去,再睁开眼,已到大堂。

大人升堂。彭启仍说一概不知,大人震怒,就要用大刑。蒋爷再三跪地求情,大人才退堂不管。官差又在头颅击了一掌,彭启再睁眼,已然进了房间,蒋爷还是在旁苦苦相劝,彭启死也不说。蒋爷怒道:"好。阳世说不清,我到阴曹把老五找着,和你对峙。反正老五死了,我活着也是多余。"说着,蒋爷把带子拴在房梁,上吊自尽了。彭启嚷:"不好! 四老爷上吊了!"官差进来,在彭启头上一掌,等再眼,看到众人围着蒋爷的尸体,哭着说:"活不了了!"

等再醒来,彭启听见风响,看见满地火球乱滚,进来四个鬼差,说:"奉阎罗天子之命,捉拿彭启的阳魂。"小鬼答应"唔",在他头上击了一掌。再睁眼,已进了鬼门关,看见森罗殿有刀山、油锅。两边跪着十几个小鬼,全是蓬头垢面。彭启见此情景,身躯乱颤。再听上边阎王爷审案,把鬼魂往油锅里一放,"滋滋"直响,还有滚刀山的,还有拿锯子锯的,都带了下去。之后阎罗天子问:"彭启的阳魂可带到?"小鬼将彭启带到。阎罗天子喝道:"好大胆子! 在阳世摆铜网阵害死白虎星君,来呀! 将他叉入油锅。"彭启说:"唔呀! 我有话说!"阎王说:"快说!"彭启说:"方才说害死白虎星君,我是一概不知。"阎王大怒,说:"呸! 现有蒋平吊死的魂灵为证,你还敢强辩? 把他叉出去!"彭启听脑后"噔啷"一声,回道:"且慢,铜网阵我招认了就是。你所说的白虎星君,大概是指白护卫吧。"阎王说:"白虎星君奉玉帝旨意降世,阳寿未终,被你害死,你就应该与他抵命。"彭启说:"我虽设铜网阵,可院衙能人甚多,怎么单他一人坠网? 全是他性傲之过。"阎罗说:"你真能狡辩。蒋平可是你逼死的?"彭启说:"那更怨不上我。"阎罗大怒说:"来! 把蒋平冤魂带进来。"

不多时,蒋平来到,七孔流血,一见彭启,就要打,被鬼卒拦住。彭启说:"四老爷,你怎么说我逼死你?"蒋爷说:"你要不摆铜网阵,我怎能寻死? 你给我们哥们抵命!"说着就要拼命。阎王说:"等等,我先查查你们的阳寿,再理论。"判官在一旁,查彭启的阳寿,说:"此人仙缘甚厚,能活二百年,还可修炼成仙。"又说:"白虎星当活六十岁,二十八岁归天。蒋平七十二寿终。"阎王说:"既然这样,彭启,我放你们还阳。不过,我可告诉你,襄阳王爷气脉微败,你不该逆天行事,及早回头,别耽误了自己修成正果。你要把铜网阵的消息说明,好让他们破阵才是。"彭启无限欢喜,暗想:"既然是天意,我不如说了吧。趁早脱身,好找仙山修炼才是。"判官说:"阎罗天子,白虎星君尸骸化成飞灰,不能还阳。"阎罗说:"也罢,就将他的三十二年阳寿转给彭启。"蒋爷又说:"我也活恶心了,再活十年足够了,不如把我那二十二年阳寿也给彭启吧。只求阎罗天子,可叫他把铜网阵的事情说清楚。他要藏私,还得给我们抵命。"彭启说:"我有那么多年阳寿,才不抵给你呢。我要说,必是清清楚楚,让你们一去就破。"阎王爷说:"那你就当着我说吧。哪点说不到,我也听得出来。"彭启说:"这可不行,不如放我们还阳吧,找一个净室,我画出图样,写上卦爻方位、总弦副弦的所在才行。就这么一说,记不清楚,破不了阵,还得怨我。"阎王爷看了蒋爷一眼,才点头。彭启暗想:"不好!阎王神色不对,别是蒙骗我吧。有了,我咬下指头,要是疼,就是假的;要不疼,就是真的。"这要一咬指头,假扮阴曹的事可就露馅了。且听下回分解。

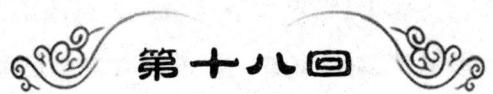

第十八回

颜大人丢失造悬案
小义士偷跑寻线索

　　且说阴曹地府是假的,连大人也是假的。都是众人出的主意,文劝不行刑劝,刑劝不行死劝。反正有迷魂药饼,按上药饼他就晕过去,拿下药饼,吹一口冷气,他就明白。彭启见阎王爷神色怪异,就有些怀疑,要咬手指辨认真假。刚要动作,有人过去把药饼按上。阎王是沙龙,判官是北侠,都忍不住笑起来。

　　将彭启送到住处,迷魂药饼起下来。不大工夫,彭启睁眼,看自己仍在原处。忽然进来一人,说:"大人要升堂了,不管你有无口供,也得给四老爷抵命。"彭启说:"我有口供了,四老爷也活过来了。"那人说:"别胡说八道了!"一转头,嚷道:"不好了! 四老爷诈尸了!"往外就跑。刚到门口,听蒋四爷说:"回来!"那人战战兢兢,问:"四老爷,你真活了?"蒋爷说:"去给大人道个喜吧。"又冲着彭启说:"彭先生,方才的事,你要说了不算,我就抹脖子。"彭启说:"君子一言,驷马难追。"蒋爷说:"好。"彭启说:"就这间屋子吧,谁也不许进来,预备笔墨纸砚,灯烛。可有一样,大人要怪罪,拜托四老爷可要救我。"蒋爷按他说的办理。大家欢欢喜喜等铜网阵图,议论谁去破阵。突然想到,卢大爷送名册怎么还不回来?

　　说书一张嘴,难说两家事。单说颜大人早已离开襄阳,到武昌府去查案。二爷韩彰一连三天守夜,保护大人。先生不忍,说:"二老爷,你昼夜不睡可不好,要不我替你一次?"韩彰说:"不行,来刺客怎么办?"先生说:"常听展老爷说,夜行人都三更到四更行动。我同玉墨守到三更,你再坐到五更,我们再来换你,不就行了吗?"先生苦劝,韩爷不好不答应,就点了头。

　　这天一早,韩爷到大人屋里一看,公孙先生、玉墨呼呼正睡。过去拍了先生一下,先生惊醒,慌忙说:"我没睡,我心里一时糊涂。"二爷掀开门帘往里屋看,见帐帘放着,知道大人还没醒。过了好一阵,大人还没动静。二爷叫玉墨进去看看。玉墨到了里间大叫:"大人丢了!"众人一听,面如土色,到处找,也不见踪迹。先生一抬头,见墙壁上有一首诗,写的是:"审问刺客未能明,中间改路保朝廷。原有宿仇相践踏,盗去大人为谁情?"念了半天,也讲不出道理。众人急得没法,连着武昌府的两位大人,都要一起悬梁谢罪。五个人把腰带搭在房梁上,正要寻死。打外头进来两人,就是卢方、徐庆。听见官差说:"不好了,先生、大人都在那里上吊哪!"二人急跑进来,将他们拦下。韩彰就把丢失大人的事说了一遍。卢爷说:"可别想不开,不是有诗吗,能人全在晨起望,他们一定能解得开。"公孙先生会模仿笔迹,连忙照样把那四句诗,抄了一份,交给卢爷、徐庆。二人急匆匆又奔回晨起望。

　　到了晨起望与众人言说此事,大家吃惊不小,都围着桌子乱念诗句。蒋爷念了半天,不解其意。智爷看了,也解不开。柳青看了一眼，神色慌张，转身躲开。智爷一瞧就明白了，在那诗句上用指头横着画了一道。蒋爷把小圆眼睛一翻，连连点头说："是了。"你道什么原因？柳青与沈中元是师兄弟，见了笔墨怎能不认的。蒋爷一把揪住柳青说："好老柳！你们哥们做的好事！"柳青满脸通红，说："四哥，可别诬赖好人。"蒋爷说："诬赖你！大家看这诗句，首字横着念是'沈中元盗'。沈中元可是他师兄。"北侠是个厚道人，说："四弟别这样，慢说是师兄弟，就是亲兄弟也未必是一条心。"蒋爷说："那沈中元就是因为我三哥、二哥得罪了他。那次他同邓车行刺，屡次暗中帮忙，我两个哥哥没搭理他，他就怀恨在心。这是成心要耍弄我们哥们呀，可害死我们了。"北侠说："四弟别急。柳贤弟你要知道什么，就说出来。"柳青说："我们十五六年没见了。我知道不说，我都不得好死。"蒋爷说："那你也得帮着找。"柳青说："不但帮着找，我要见着也不轻饶他。"蒋爷这才消气。

众人分派任务，准备分头去寻找大人，商量着不管找到找不到，最后全在武昌府碰面。查点人数，单单少了艾虎一人，连他的刀带包袱全都不见了。智爷就知道他是自己去找沈中元了。

艾虎年纪虽小，心性高傲，总想着立功。因听蒋四爷说过沈中元是甘妈妈的内侄，一盘算："他准盗了大人去娃娃谷，我何不到娃娃谷看看。"主意拿好，却走错了路。见前面有个酒铺儿，心里馋得慌，便要了好酒好菜饱餐一顿。

正吃着，外面一乱，艾虎往外一看，见一人身高八尺，膀阔腰圆,面如锅底,狮子鼻,火盆口,声如洪亮,镇里的人见他都躲着走。此人叫张豹,是个鲁莽浑愣的家伙。进门一眼就看见艾虎,狠瞪着艾虎,因为艾爷也是个英雄的模样。张豹成心撞了艾虎的桌子一下,酒也洒了不少。艾小爷站起来,问:"这是怎么了?"张豹答道:"二太爷没瞧见。"艾虎问:"你是谁的二太爷?"张豹说:"是你的二太爷,怎么着!"他这一骂不要紧,一酒壶就砸他在脑袋上,见了血。二人动起手来,张豹本事不怎么样,倒是皮粗肉厚不怕疼,被艾虎踢倒了,就像倒了半壁山墙,爬起来又打,又倒。倒了几次,说什么也不起来。艾爷站着说:"你起来呀!"张爷说:"我就不起来! 起来还得躺下,费事。你不打,我就起来。"艾爷说:"你起来再打。"张豹说:"不打了,胆子大的,你就在此等我。"艾虎笑道:"等你三年都行。"

张豹跑了,街上的众人才敢过来。有个老者说:"方才那个张豹是个浑人,你有事办事,不用搭理他。"艾虎说:"我说等他了。"老者又说:"这位二太爷徒弟好几十号人哪,都年青精壮。不过师父和徒弟都是浑浊闷愣的主,要打架,你是准赢他们的。但那张豹,打他、砍他、拿刀剁他,都不怕,就怕拧。你要一拧他,什么大,他叫什么。"艾虎一听笑了,说:"好乡亲! 你老人家贵姓?"老者说:"我姓阴。"艾虎说:"教我拧人,够阴的了。如此说来,你是阴大爷。"

张豹叫了一群徒弟赶回来。张豹喊道:"徒弟们! 给我打!"众徒弟答应,冲了上去。定是一场恶斗,且听下回分解。

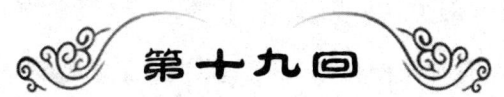

第十九回
张家庄三人拜把子
赏雪亭乔宾惹祸端

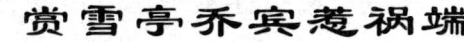

　　且说张豹领了徒弟找艾虎算账。他没本事，怎么还有人肯拜他为师？原因就是：拜他为师，一家无论有多少口人，吃喝穿戴，他全包了。这个徒弟就挤破门了。可有一样，都得像他那么浑的，他才要。书归正传，艾虎受了阴大爷的指教，正等着。少刻来了一人，众人说："掌柜的来了。"过来与艾虎施身一礼，说："方才那个村夫，是我的把弟，得罪壮士，小可特来替他赔礼。"二人见过，此人是双刀将马龙。马爷将他请上酒楼，互道来历。

　　话未说完，只听见楼下说："打！打！他跑了吧？"马爷说："你等我把他带来，给您老赔不是，可别下去动手了。"说着把楼门一挡，不让艾虎下去。哪知道艾虎直接从楼上往下一纵。打手正骂得高兴，打半空飞下一人。大伙一害怕，往旁一闪，张豹举木棍就打，艾虎几招就把张豹骑在身下。众徒弟就要往上冲，马龙过来说："谁也不许动手。"他也是想让艾虎教训张豹几下。艾虎并不打他，在肋下拧了他几把。再瞧张豹，马上蔫了，嚷道："哎哟！不行了，饶命啊！"马爷才过去说："饶了他吧，看在小可面上。"艾虎才起来。张豹直哎哟，说："谁教的你这法子？哥哥，你认得吗？"马爷说："认识。给你们引见，这是勇金刚张豹，我的把弟，是个浑人。这是艾壮士，人家是侠义的门徒。"张豹说："我说呢，你敢情是侠义的门徒，咱们得会会，不打不相识。"三人说说笑笑上楼。马爷说："艾兄，你要不弃嫌，咱们三个人结义为友怎么样？"艾虎说："只要你们哥俩不嫌弃，我愿意。"张豹说："那可太好了。"弟兄三人马龙岁数大，居长；张爷行二；艾虎行三，烧香结义。

第二天，艾虎惦念着寻大人，要奔娃娃谷，张豹非要跟着去。马龙有买卖，不能同去。二人起身，走了一日，天气向晚，路过有一个大店，叫复盛店。二人住下。张豹三两句话，就和店小二吵了起来。店中掌柜的带人过来解围，说话十分客套。艾虎瞧这人，黄脸皮，细条身材，一副买卖人的奸猾样儿。艾虎施礼说："都是我二哥不好。"掌柜的说："我方才听见是哪位姓张？"张豹说："我姓张。"店东问："是张豹吧？"张豹说："你怎么知道我呢？"店东说："你父亲张百万张老员外活着那会儿，专好行善，谁不知道他老人家？我们上辈还受过老员外的好处，正要报答，可惜他老人家故去了。但不知这位客官贵姓？"小爷说："我姓艾，没领教掌柜的贵姓？"店东说："我姓贾，我叫贾和。"相互见过，店东出去预备酒饭，饭钱店钱，一概不要。

小义士戏耍勇金刚

　　清晨起来，店东又摆酒请客，又请二人去附近的绮春园游园，艾小爷不愿意去，张二爷愿往，只好起身。三人将要进门，后面跑来一人说："掌柜的，有人找你。"贾掌柜叫他二人在园中等候，急忙离开。其实贾掌柜是故意设局将他二人骗进绮春园。此处经营花园的廖货，原是一个贼。开这个买卖，先交银后给酒，吃不了，找回去的银子，必有一块假的，出门不换。贾掌柜上过一次当，不甘心，知道张豹爱闹事，才将他诓进来。张、艾二位进门，廖货要银子，艾爷就拿出二十两银子。廖货一称，说："十八两。"张爷骂道："胖小子！那是二十两。"廖货又说："十八两。"被张二爷揪住，要拧脑袋。艾虎说："别动粗，我花了二两，是十八两。"张豹说："是吗？便宜他了。"二位找了个景致绝佳之地，叫赏雪亭，坐下开怀畅饮。

　　突然间，打外面蹿进一人，细眉长目，一脸煞气，冲奔赏雪亭。他后面又跟进来一个猛若瘟神，凶如太岁，喊一声如巨雷一般的勇士，手中提着把刀。你道这两个人是谁？先进来的那个，叫胡小记，外号闹海云龙。因上次带朋友来绮春园吃酒，交了十两银子，一称说是九两，胡小记等理论，话不投机，动起手来。因对方打手众多，结果吃败，还受了伤。可巧今早来个好友叫乔宾，外号开路鬼。听说哥哥受气，愤愤不平，抓着小记，奔绮春园。到里边乔宾又砸又打，就和廖货那些打手斗在一处，抓住一个，头碰柱，脑浆迸流。张豹在旁边叫好，说："摔得好！"这时，又冲进来一群打手把乔宾他们二人围在当中。张二爷忍不住了，说："好小子！你们有多少人？"一脚把桌子踢翻，拉刀出去。艾爷无奈也出去。

张豹拿刀,喊一声:"闪开呀,二爷到了!""咣咣"乱砍,杀了进去。这时,就听见"嗖"的一声,艾虎打半空中飞下来,大伙一怔,见这人手中刀上下翻飞,谁也不敢靠近。乔宾看出来了,有艾虎一人,这群贼哪个也不能逃命,他转身去找廖货,"扑哧"一刀,正中廖货的肚子,给他开膛了。也活该他害人,这也算是报应。

乔爷转脸把桌子的抽屉拉开,里头许多银子,包了一包,提了刀蹿出柜外,又打。一会儿的工夫,满地有轻伤的,有重伤的,也有死于非命的,横躺竖卧。胡小记说:"我俩本不是他们的对手,不是二位恩公帮忙,我们二人性命难保。请问二位贵姓高名?"就要跪下磕头。艾虎拉住说:"此地不是说话之处,咱们快走才是。"艾虎担心他们报官,惹上不必要的麻烦,四人迅速逃离现场。欲知后文如何,且听下回分解。

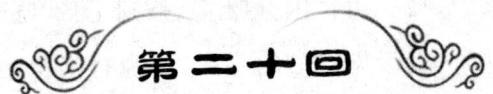

第二十回

苇塘中表兄弟相认
囚笼里银钱难买命

且说艾虎四人急于逃命，直到天黑，见前面一片苇塘，钻进苇塘里，方才停下歇气。胡小记又与艾虎、张豹行礼。乔宾也来行礼，冲着张豹说："小子！真是难为你了，爷爷给你行个礼吧。"张豹说："好小子！不用给爷爷磕头了。方才要不是你二爷，你小命就没了。"艾虎和胡小记相视一笑。小记问："请问二位恩公尊姓大名？"艾虎说："小可姓艾名虎，匪号小义士。这是我盟兄，叫张豹，匪号勇金刚。"胡小记说："贤弟，我说个人，你可认识？"艾虎说："是谁？"胡小记说："卖茶糖的胡老。"艾虎说："那是我舅舅。"胡小记说："那是我爹爹。哎哟！表弟呀。"不觉大哭起来。艾虎说："你是小记哥哥吗？"原来艾虎四岁，父母相继过世，跟着舅舅度日，后又跟叔伯。多年不见，彼此伤心。这时，就听外边一阵大乱。有人说："进去找找。"又有人说："六条人命，他们不定跑出多远了。"说着话就走远了。

四位听外面没有声音，才敢说话。艾虎说："你们要去哪里？"胡小记说："我也不能住这里了。"乔宾说："上我们湘阴县吧。"张豹说："我上哪？"艾虎说："你回家吧，离着不远，要多加小心才是。"张豹点头说:"我舍不得大家。"乔宾说:"我也舍不得。不然,咱们拜回把子吧。"四人插了三根苇子当香,胡小记老大,乔宾行二,张豹居三,艾虎是老兄弟,冲北磕了头。艾虎上娃娃谷,和乔宾他们顺路;张豹单走,回家见着马爷,将绮春园的事说一遍。马爷一听,也是害怕,叫他先躲在家里避风头。

谁知这事就传到了岳州府。岳州知府是个大贪官,名叫沈洁,人人都称他为"审不清"。他有个小舅子叫怀忠,背地里别人都叫他"坏种"。他平日里占人田地,夺人买卖,什么坏事都做。这几日,又看上张豹的家宅,四五百间大套院,风水也好。总想着如何抢过来,手下人出主意说:"这家银钱、势力、人情全有,明抢肯定是行不通。不过,听说华容县绮春园出了六条命案,有四个凶徒逃走,内中有一个黑脸的。明天大爷去他家借房子住,他不给,就说绮春园黑脸的就是他。""坏种"大喜。

可巧被一个家人听到这事,此人祖辈贫穷,受过张家的不少好处,便悄悄溜出去给张豹送信,张豹赏了他二两银子,打发他走,急忙跑去和马爷商量,马爷说:"二弟行事鲁莽。不如明日由我出面,和坏种理论。"

第二天晌午,"坏种"果然带了许多人来。马爷勉强一躬,"坏种"问:"尊公贵姓?"马爷答:"小可马龙。""坏种"说:"你把姓张的给我叫出来。"马龙说:"他是我把弟,现在不在家。""坏种"说:"告诉你,他犯事了。他要出来,我还能帮他。还有啊,他这房子是我的,都住二十多年了,我可要收回去了。"马爷说:"他这宅子,是祖上留下的。你上这来讹人,还打不打算出去了?""坏种"见马龙神色不好,往外就跑。马爷蹿过去,一把将他举过头顶,"坏种"吓得苦苦求饶。马爷说:"你给我写张字据,保证不再生事,我就饶了你。""坏种"说:"我一百个愿意。"马爷把他往地上一扔,一屁股坐在他身上。这个"坏种"终日缠绵于花街柳巷,气脉虚弱。马爷一摔、一坐,这小子受不住,就一命呜呼了。打手们一见"坏种"翻着眼,一丝不动,就全溜了。马爷说:"坏种!你可要写得清清楚楚的,听见没?"不见回音,马爷低头一看,才知道他已经死了,心想:"我杀了人,决不能连累二弟。"想着,背起尸首,直奔岳州府报官自首。

这一路上,街上的行人看见马龙,全都拍手称快,谁不盼着这"坏种"早点死啊!离衙门不远,马爷就听后面嚷道:"哥哥!把坏种给我吧。"马爷暗觉不好,说:"二弟,你回去吧。"张爷并不言语,伸手把"坏种"的腿往下一拉,"扑通"尸体摔在地上。马爷也拽,说:"这是我坐死的,你抢什么?"张爷说:"这是我坐死的,你抢什么呀?""坏种"也真惨,几下就被拽成两截,肝肺肠肚流了一地。衙门里来人,不容分说,把他二位全请进了班房。老爷升堂,先带马龙。老爷说:"只要你认罪,就放了张豹。"马龙怕连累兄弟,立即画押招供。把马龙收监以后,又带张豹上堂,也照样叫他认了这死罪,张豹立刻画押招供,收入监牢。暂且不表。

且说此时的岳州府,有不少的豪绅富户、大小的买卖人家,连庵观寺院,都出头花银子,想帮张、马二位打点官司;连赌场带烟花院也有出钱的,没两日,银钱凑了无数,在岳州府衙里外花钱,什么府内的丫鬟、婆子,监牢的班头、牢头、狱卒等等全用银钱买到。后又托人见知府,许了白银五千两,买二位不死。赃官有意,奈何夫人不许,非要给弟弟报仇不可。老爷惧内,所有管事的人也就没了主意。但二位虽是死囚,一天两顿酒菜,生活倒还不错。可巧张豹有一个族弟叫张英,听说此事,前来探监,还想劫牢反狱,马爷拦住,叫他去武昌府给艾虎送信,艾虎必能救他们出来。张英领了话,回到家中,拿了盘缠,直奔武昌府。送信的事情,且听下回分解。

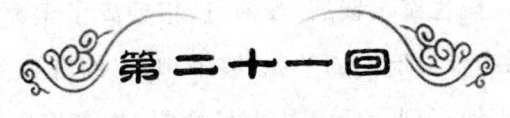

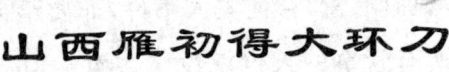

马龙、张豹二人被囚，张英奔武昌府送信，暂且不表。且说艾虎与胡小记、乔宾整整走了一夜，路过一个村子，见路边有位落难的妇人，跪在那里含泪乞讨。那边过来个文生公子，叫童儿取出两锭白银，交与妇人。这时就听旁边有几个人说："把合拘迷子。"胡小记问艾虎说："说的是什么，我都听不懂？"艾虎说："这是强盗的黑话，'把合'，是指瞧一瞧；'拘迷子'，是指银子。"胡小记说："哦，他们是贼啊。咱们跟下去吧。"

只见有四个小贼，其中一个走过去和那文生公子搭话，说天色不早，路上强盗匪徒又多，不如到前边高家老店休息一晚再走。公子感谢，直奔高家老店。艾虎心想：那必是贼店。便和胡小记、乔宾商量着去贼店大闹一场。

忽然打西边来了辆小车，车上装着两个大黑箱子，前头有人拉，后头有人推。旁边跟着个人，年纪不大，却长着两道白眉毛，格外显眼。原来此人就是穿山鼠徐庆的儿子，叫徐良，外号人称山西雁，乃是云中鹤魏真的徒弟。文武全才，夜行工夫来无踪去无影；还会打暗器，袖箭、飞蝗石、低头花妆弩等,百发百中,故此又叫多臂雄。此人虽是徐庆之子,父子性情却大为不同。徐三爷憨傻了一辈子,却得了一个精明强干的后人,徐良出世以来就不懂得什么叫吃亏上当。如今徐良受了母亲之命,带些个刀枪的胚子,去襄阳见他爹爹。

闲话少叙,就听徐良操着山西口音,故意高声嚷道:"你们两个小子精神着点,要是有什么差错,我就是卖了家产,再搭上性命,也抵不了人家这一箱珍宝。"正巧被几个小贼听见,互递眼色,也顾不得那位文生相公了,都过来和徐良搭话。徐良说自己是个保镖的,箱子里装的全是什么玉石、玛瑙、翡翠、猫眼之类的珍宝,其实里边都是生铁。小贼们哪里知道,争着过去帮伙计推车。随说随走,就住进了高家老店。到了客房,徐良强拉着四个小贼一桌吃酒。四个小贼说:"我们都滴酒不沾。"山西雁说:"四位哥哥不喝,我怎么好一个人独喝。"一个说:"我喝了酒,立马就躺下。"徐良说:"我也是这样。不过你是大哥,小弟敬你,怎能推辞?"说着就把酒递到嘴边,小贼咬着牙喝了,一歪身躺在炕上。第二人也叫强逼着喝了,又躺下了。第三个怎么也不喝。徐良把刀亮出来,往桌子上一插,瞪着眼说:"老西以酒待人,并无歹意,若不喝,今日有死无活。"没办法,一饮而尽,也就躺下了。最后一个死也不喝,徐良硬给灌了进去。正要拿刀杀人,忽听见外面"哎呦哎呦"的声音。

徐良往外一看,见来了个病人,就是胡小记让乔宾搀着装病,全是艾虎的主意。伙计把二位带到上房,问吃什么。乔宾说:"有豆腐汤么?我哥哥吃不得荤腥。"伙计到灶上,嚷道:"豆腐汤,咳咳的迷子。""咳咳的迷子"就是多放迷药的意思,艾虎在暗中听得清楚,回去告诉两人。不多时,伙计端着豆腐汤进来,正走到胡大爷跟前,大爷"哎哟哎哟"一歪身,往地下一倒,绊在伙计腿上,碗也扔了,伙计也摔倒了。伙计生气,但也没法和病人计较,又瞧着乔宾长得凶悍,只好又叫了一碗,撒上蒙汗药,端进来。绕过胡小记,往乔宾这边来,心想:"难道好人还能掉下凳子吗?"哪知就听见"啪嚓"、"噗嗤"、"哗啦"几声,眼看着乔宾掉下板凳,伙计躺下了,碗也碎了,伙计气得爬起来就要打人。胡大爷哼哼唧唧地说:"对不住了,我兄弟一急就犯羊角风。这是为我又犯病了。"伙计说:"有这么巧的事?"过去摸摸,搬也搬不动,僵了。伙计自认倒霉,又出去要豆腐汤。其实乔宾趴在地上偷着乐呢。

忽听见后院有人乱骂,一个伙计撒腿跑过去,见一壮士,拿着酒葫芦正在那喝酒——此人正是艾虎。伙计问:"我们怎么没瞅见你进来?"回说:"你们眼神有限。""真没见过你这样的。""你少见多怪。"伙计把他领进房中,问:"你来点什么吃的?""豆腐汤。""还要什么?""我就剩一个大钱了。"伙计气哼哼地出去嚷:"豆腐汤,咳咳的迷子。"艾爷叫:"回来!要个豆腐汤,咳咳的迷子。"伙计以为是同道中人,说:"你是个'河'字?"回说:"我是'海'字。""我说你线上的?"回说:"我是绳上的。"伙计想这都是哪跟哪啊,又问:"你方才说什么'咳咳的迷子'?"艾爷说:"不是你说的吗?我还想问你呢!"伙计才明白,说:"是啊,哈哈,就是多放胡椒面。"

不多时,把汤交与艾虎。伙计出去,心想:他吃了准躺下。转头一看，他竟然在那里舔碗哪。艾爷说："好迷子！给我再来一碗，多搁迷子。"伙计抱怨灶上忘放药了。不一会儿，又送来一碗。这回伙计出去，偷偷往里探头，看见艾虎往炕洞里倒汤。伙计问："你到底是怎么回事？"艾虎一笑，说："其实我也是个'河'字。我碰上一笔买卖，你们头叫什么，给我捎个话过去。"伙计说："他叫高解。你叫我带什么话？"艾爷说："附耳过来。"这小子脖子一伸，艾虎一抬刀，唰一声脑袋就掉了。有人瞅见，边跑边嚷："杀人了！"艾爷追出去，被十五六个小贼围在当中，徐良也赶过来助阵，二人杀了个痛快。不一会儿，贼头高解带着群贼赶到，这高解手拿一口金丝大环宝刀，刀一亮相，徐良就相中了。

胡小记、乔宾此时也赶到现场，众人斗在一处。高解的大环宝刀切金断玉，是利刃碰上就折，挨着就断。艾虎这口刀上下翻飞，神出鬼没，就不碰高解的刀刃，徐良暗暗夸奖。高解心中急躁，瞧着艾虎一刀砍空，他把刀举起就往下剁。只听见"扑哧"一声，一支暗器正钉在高解的手上，"当啷"一声，宝刀坠地。好东西谁不喜欢，艾虎就要过去捡刀，乔宾也要过去捡刀，哪知打半空飞下一人，不偏不歪，正好捡起宝刀。徐良得了宝刀，心内不尽喜欢。

艾虎纳闷，这两道白眉毛的，也不知是谁。等把众贼寇解决完了，艾虎才问徐良："这位大哥贵姓？"徐良报了名姓籍贯，才知道不是外人。徐良又把找爹爹的事说一番，又问了父亲近况，艾爷也说了一遍。艾虎又说："徐大哥，现在众人都不在襄阳。你和小记哥哥他们在黄花镇等我，我先到娃娃谷找大人，回头与你们会合。咱们一同赶奔武昌府。"次日艾虎起身去了娃娃谷。徐良、胡小记、乔宾奔黄花镇。欲知后文如何，且听下回分解。

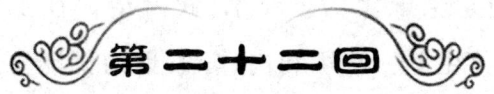

第二十二回
朋友相逢一见如故
卢珍无意巧逢姻缘

艾虎上娃娃谷，徐良三人推着小车奔黄花镇，暂且不表。且说众英雄定君山之前，都有书信回家。卢大爷的信到了陷空岛，丁二爷的信到了墨花村。陷空岛卢珍接到父亲的信，担心父亲安危，急急赶到墨花村，正巧丁大爷也收到书信。二人由此起身赶奔襄阳。

爷儿俩路过一个镇店，见有群人围着一个穷汉，这大汉若是站起来，足有丈二，两道浓眉，狮子鼻，火盆口，倒在地上就和地皮一样黑，此人就是彻地鼠韩彰的义子，叫韩天锦，外号霹雳鬼。只因韩二爷书信到家，天锦急着去襄阳找爹爹，带了许多银子，总也走不对路。忽然想起问路，见一人拎起来就问："小子！老子要上襄阳，往哪里走？"人家说："往西。"他也不管哪边是西，扔下人家就走。

韩天锦把银子都花完了，衣服也当掉了，最后只剩下一条裤子，也没找到襄阳在哪。三四天没怎么吃东西，饿得难受，天锦只好硬着头皮，走进一家饭铺，张口要了十五斤饼，十五斤炖肉。伙计吓了一跳，说："我们的饼是论张卖的,肉是论碗卖的。要不,我就给你往上端吧,吃饱了再算账。"往上一端饼和肉,各饭桌的都顾不得吃饭了,连楼上的都下来瞧他吃。天锦把几张饼拿着一卷,嘴又大,一瞪眼,一龇牙,两三斤饼就进去了。一大碗炖肉,一扒拉也没了。左一碗右一碗,吃得差不多了,对伙计说:"给你十两银子吧。"伙计高兴,说:"你把银子拿来吧。""我这里没有,我爹爹有。""他在哪?""襄阳。"伙计生气,就叫打手过来,韩爷也不跑,往外头门口一躺,等着挨打。

这时卢珍过来,问道:"这位大哥为何在此挨打?"韩天锦一瞧卢珍,粉融融的一张脸,一身银红色的衣巾,说:"我吃完饭没钱,他们就打我。"卢爷说:"大哥,你姓什么?"韩天锦说:"我住在黄州黄安县,姓韩叫猛儿。"卢爷问:"我提个人,你认得不?彻地鼠韩彰。"韩天锦说:"哎哟!那是我爹爹。"卢珍又提了自己的名字,两个小兄弟相互见过。卢珍又拉着他,见过丁大爷。丁大官人拿出银子补了饭钱。三人汇到一处,直奔襄阳。

这日忽然进了山口,丁大官人说:"此山若是百花岭。咱们还有亲戚在这呢!"卢珍问道:"什么亲戚?"丁大爷说:"就是展南侠的两个哥哥,展辉和展耀。"正说话,韩天锦说:"哈,好大的猫!"只见对面一只斑斓猛虎。丁大爷和卢公子赶紧找树躲避,韩天锦乐呵呵地迎着猛兽,嚷道:"这来,这来,大猫!"那老虎猛地一扑,卢珍一闭眼。哪知天锦一躬腰,抓住后爪,用力抢起老虎,往山石上一摔。然后骑上连踢带打,也是天锦神力,活活把个老虎打死了。

霹雳鬼百花岭打虎

正当此时,就听西边山坡上有人嚷:"那是我的猫!"瞧那人身量不太高,黑脸,四方身躯,粗眉大眼,声音洪亮。两边隔着山沟,那人也过不来,喊道:"大小子!还我猫!"卢珍说:"哥哥,给他吧。"天锦就把虎抓起来要扔。卢珍说:"山沟太宽,让他过来取吧。"韩爷偏不听,"嗖"的一声,扔了过去。卢珍与丁大爷更觉吃惊,心想:好神力啊。那人说:"我那是活猫,这是死的,我不要。"照样又扔了回来。天锦提起来说:"就是这个死猫,爱要不要?""嗖"的一下,又扔过去。那人又扔过来,顺着山沟跑下去。不多时,和天锦撞在一处,伸手要打。就见西北有人嚷道:"少爷,又与人打架啊,员外爷来了。"一伙人临近,有个员外打扮的,高声嚷道:"原来是丁大弟到了。"来者原来是展耀,丁大爷过去行礼,两人叙旧。晚辈也都互相认识,刚才扔虎的是展二爷的儿子展国栋。大家同到展家,摆酒吃饭,却不见了天锦和国栋。此时,二人正在后院烤虎肉,吃得对劲,商量着拜把子哪。

第二天本想继续赶路,不料,天锦突然患了一场大病,一病就是数日。这日,国栋待着憋闷,非要和卢珍比试武功。国栋本是个傻人,使蛮力还行,真动起手来,哪是卢珍的对手,不过十招,就倒地认输。国栋死死央求要与卢珍结拜,两个人冲北磕头,卢珍是哥哥,磕完头,国栋说:"哥哥,要有人总打我骂我,你当怎样?"卢珍说:"咱们是生死弟兄。要有人欺负你,我就是拼了命也要给你出气。"国栋说:"好啊,那人就住在这院子里。"卢珍说:"必是恶霸,你带我找他去。要死的要活的全听你吩咐。"国栋说:"她就是我姐姐。"卢爷一听,

"呸"了一声,说:"你竟然找外人打自己姐姐。这话要跟别人说了,不把大牙都笑掉了。"国栋说:"我这个姐姐可不一样!力气大,拳脚快,我们动手,我不跑就得挨打,还得给她跪着磕头。我各处找人帮我打她,也没找到能人。今天有言在先,有人欺负我,你一定管,这你又不管了。不如我死了算了。"说完,哇哇大哭。卢珍拗不过他,就答应了。

国栋的姐姐乳名叫小霞,本是展辉之女。展耀就有一子,是国栋。大员外死得早,叔父待姑娘如亲生的一般。大员外临死前对展耀说过:"姑娘要嫁人,对方必须五件事全符合才可出嫁:一要人家干净;二要有文才;三要武功好;四要品貌端方;五要本人有官职。"二爷觉得为难,想再问,哥哥已经咽气。

且说国栋去找姑娘出来,小霞短衣襟,手拿木棍,说:"你是没挨够打,还敢来这里。"国栋说:"我拜了老师,你不行了,快给我磕个头,我就饶了你。"姑娘大怒。二人交手不到十个回合,小爷就跑向西花园,姑娘在后追。进了花园,国栋喊救兵。姑娘一听,不敢前去,心中暗道:"自己没穿长衣服,慢说见男子,连妇女们都不好见。"就想着回去。国栋连叫救兵也没反应,见姐姐要走,连声取笑姐姐胆小。这姑娘本来就骄傲,心想一定没有什么救兵,又追下来,说:"你真是挨打没够!今天我连你这个救兵一块收拾了。就是你们给我跪地磕头,我都不饶。"国栋又喊:"听见没,你不出来,连我姐姐都骂你了。告诉你,我可也要开骂了。"

卢珍本想躲在山石后头装睡,一听要骂就忍不住了,又听姑娘口气也太大了点。卢公子故意高喊一声:"呆!什么人大胆,敢欺负我的拜弟!""嗖"的一下,蹿了出来。姑娘猛然看见一位相公,银红色装扮,粉融融一张脸,羞了个大红脸,拉棍转身就跑出了西花园。不知卢公子如何应对,且听下回分解。

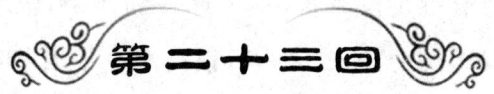

第二十三回

黄花镇小五义聚首
全珍馆众英雄相逢

且说展姑娘一见卢珍，羞得无地自容，转身跑回住处，国栋随后跟过去。姑娘怒道："真是好弟弟，竟叫外人打起亲姐姐来了？"国栋说："那也是老让你欺负，难受嘛！"姑娘说："你我亲姐弟，谁打了谁都不要紧，谁知你竟恨上我了。我也管不了你了，这就告诉爹爹去，叫他与我出气。"说完大哭。把国栋吓得跪地央求："好姐姐，我再也不敢了。"其实姑娘只是想把傻小子吓住，并不愿声张此事。

再说那边的卢珍，见姐弟二人跑了出去，就转身回去照看天锦，正巧丁大爷也过来看望天锦。丁大爷见卢珍坐在那里忽然"扑哧"一声笑了。大爷问："你笑什么？"卢珍回答："侄男没笑。"丁大爷说："莫非你有什么心事吗？"卢珍一副若有所思的样子，待一会儿又笑。大爷一再追问，卢珍见隐瞒不住，就将事情说了出来。丁大爷一笑，问："你看那姑娘品貌如何？"一句话，把卢珍羞得满脸通红，一语不发。丁大爷心想："多好的一门亲事。"想罢，就去与展员外提亲，展二爷说："我哥哥说五件事全，方可许配，一要人家干净，二要文才，三要武功好，四要品貌端正，五要本人有官职。"丁大爷说："我们卢珍就是没有官，不过这一到襄阳，跟着大人拿了王爷，何愁没官做？"展二爷一听很高兴。丁大爷拿身边一块玉佩，作为定礼。

万事都是个定数，此事若不是天锦染病，也成不了。亲事定妥，韩天锦病体痊愈，三人告辞起身，直奔襄阳。暂且不表。

且说的是山西雁徐良与艾虎分手，定下在黄花镇相会。这日到了黄花镇，进了一个叫"全珍馆"的饭铺吃饭。饭馆门口有个绿瓷缸子，上头搭着块木板，板上放着做好的馒头，和几个粗碗，缸内是茶水。每有穷苦人在外头吃些馒头，喝缸内的茶水，都不用给钱。

徐良、胡小记他们正吃酒时，忽听外面一阵大乱，抬头见一位武生相公，周身白缎子打扮，细条身材，面如美玉，英气勃发。有许多随从相伴，如众星捧月一般，拥护着进店。选了一个靠门外边的地方，随从们给公子擦凳子，侍候着公子喝茶。胡小记说："这位公子可称得上娇贵。"

这时，只听外边大吼一声，"我渴啊！渴啊！"进来一人，身高一丈开外，此人就是韩天锦，同着丁大爷、卢珍走到这里，因口渴冲进店里。店伙计迎住他，说："门口有现成的茶水，你要着急，拿起就喝，不用给钱。"韩天锦听了，一扭头，就看见那个武生相公的茶，他只当是那个茶，拿起来就喝，连喝了四碗，喝完了说："好哇！"转头要走，被武生拉住就要动手。卢珍打外边闯进来拦住，一问情况，伙计说了一遍："本是让他喝外边缸里的茶，怪自己没说明白，引起了误会。"卢珍过去给那个武生公子连连赔礼，武生赔笑说："我也没那么小气。"彼此施礼。卢珍坐到东边，紧挨武生相公那张桌子，数落了天锦几句，然后要茶。少刻，两边酒菜也都上来了，大家各吃各的。

忽然由外面又进来一人，进门就嚷："饿了，饿了，快饿死我了！"伙计因忙活着上菜，说："要现成的这里没有，外头有，拿起来就吃。"可巧伙计又没说明白，又碰上一个浑人。那人转身一看武生相公那桌酒席，冲过去，把刚上来的一碗热汤端起来就喝。因为太烫，噗一下喷了出去，正喷在武生相公脸上、身上。崭新白净的衣服，全给油了。武生相公气往上撞，那人"哎哟"了半天，还嚷嚷着叫武生赔他舌头。那相公一伸手，抓住那人的腕子，踢一下腿，把那人放倒在地。众人哈哈一笑，那人羞愧难当，把刀亮出来，就要拼命。武生相公一闪身，也要拉刀。卢珍赶过来，把那人兵器夺下来，苦苦相劝。可那是浑人一个，非得不依不饶要拼命。卢珍说："要怎样你才肯罢手？"那人说："就有一个人，他叫我怎样，我就怎样。"卢珍问："是谁？"那人说："除非是我艾虎哥哥到了。"卢珍暗笑，问道："你怎么认得艾虎？"那人说："我不认得，我哥哥认得。"卢珍更得意了，说："你不认得艾虎，你贵姓？"那人说："我叫张英，我要上武昌府找艾虎哥哥。"卢珍说："你不用去了。这才巧哪，我就是艾虎，刚从武昌府回来。"那人一听，赶紧双膝跪地，说："哎哟！艾虎哥哥，咱家出大事了！"卢珍说："咱们的事情，全有小弟承当。但你先要把眼前这件事办完。"张英过去对武生公子说："是我哥哥叫我给你赔礼的。"

愤愤地跪下，磕了几个头。人家武生相公十分通情达理，把张英挽起来，并不计较。

卢珍忽听后面有个山西口音，说："此事办得好。就是有点假充名号。"卢珍瞅了他一眼，暗道："这个人莫非也认得艾虎？"自己转身又让张英吃饭，张英说："艾虎哥，我吃不下。"卢珍说："其实我不是艾虎，我是他的盟兄弟。"张英一听，一把揪住卢珍，说："你敢骗我！你赔我舌头！"

忽听见后面山西人说："不用打了，真的艾虎来了。"见艾虎急匆匆进来，冲徐良说："我看见小车，就知道你在这里！"一回头，见丁大爷、卢珍，艾虎一怔，过来与丁大爷行礼，又见过卢珍、韩天锦。又把徐良叫过来与众人相见。徐良问娃娃谷的事，艾虎说："全搬家了。"丁大爷问："艾虎，你五叔是真死了吗？"艾虎说："你老人家还不知道哪？死了，死得好苦，尸骨无存。"这句话还未说完，卢珍差点就背过气去，丁大爷也放声痛哭，那边武生相公也"扑通"摔倒在地。众随从呼唤半天，才苏醒过来，哭得死过去好几回。你道这位是谁？原来他就是白玉堂的侄儿，白金堂之子，名叫芸生，外号玉面小专诸。芸生这身功夫，都是玉堂亲传，叔侄感情深厚。芸生哭了多时，擦了擦眼泪，过来见过丁叔父。跪倒磕头，自通名姓。丁大爷说："这可不是外人。"

艾虎看见张英，问："这位是谁？"张英说了自己的事情。艾虎就要告辞，上岳州府救人。欲知如何救人，且听下回分解。

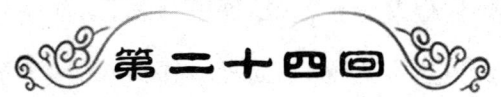

第二十四回

义结金兰五人同心
为救金兰艾虎舍命

且说张英在旁咬牙切齿，瞧他们见礼，才知道后来的这个真是艾虎。张英过来告诉艾虎马大哥二人被打入死牢之事。艾虎一听，咬着牙说："好赃官！看我不杀你！"胡小记、乔宾都和张豹拜过把子，也过来打听。艾虎就要去救两个哥哥，丁大爷不让，说见了颜大人自会处理，大家也劝他不能蛮干。艾虎一千个不愿意，但在丁大爷面前，只好委屈着答应。先叫张英回去报信，好让狱中的人安心。

送走张英，丁大爷一瞧，他们这几个小弟兄，芸生、徐良、天锦、卢珍、艾虎都是将门之后，个个英勇不凡，丁大爷说："我有主意，你们五个人正应该结义。上辈是陷空岛的五义，你们拜了盟兄弟，就是'小五义'。"众人也都愿意，预备香案。一算年龄，芸生最大，天锦二爷，徐良三爷，卢珍行四，艾虎是老兄弟，大家结拜盟誓。重新要了酒饭，畅饮一番。二更左右，艾虎头一个告退。丁大爷一想："这孩子是个酒鬼，怎么他会先走？"艾虎心里有事，躺在房间里装醉，直到四更，听大家都已睡熟,偷偷拿了包袱,施展夜行术,向前疾行。进了一个破庙,忽听里边有人说话,向里一探头,见两个贼人拿着张英的包裹、利刃。艾虎听他们说,要去见贼头儿,还说回来再杀不晚。两个人说着奔正西,知道张英没死,艾虎悄悄跟着他们。原来,张英来到破庙,是与艾虎私下里定妥的,不料,睡觉的时候,却被贼人绑住了。

再说艾虎,跟着贼人进了一个院子,捅破窗纸往里看。见那贼头说:"我这里的规矩,不留活口。既是在破庙里,好极了,把他杀了扔在东南那个大土井里。你们哥们再辛苦一趟,结果了他的性命。"说毕,两个人又走。艾虎早就蹿出墙外,暗地里藏着。二人说着笑着,直奔破庙。刚进庙门,就觉着脚下一绊,艾虎三下五除二,就把俩人给捆了,口中塞物,不能言语。艾虎又进里头,把张英救出来。张英看是艾虎,双膝点地说:"多谢艾虎哥哥救命之恩,我是两世为人了。"艾虎说:"不用说了,我把捆你的那两人捆上了。你去出出气,剁了他们。"张英提着刀出去。"哎哟!艾虎哥哥,你杀完了,又让我杀。"艾虎出去一看,就是一愣,说:"他们的脑袋呢?"张英说:"你怎么倒来问我?"艾虎瞧见东南有个黑影儿,就追下去。张英跟着,那条黑影好快,始终追不上。

艾虎心中纳闷,回去再看那两个尸首也踪迹不见,吓了一跳,拉着张英就赶到了那个贼头的门首,艾虎蹿进去一看,一个人也没有,突然打房上摔下一个人。艾虎细瞧,原来是那个贼头儿的尸体。艾虎一拧身，蹿在院中，和张英说："快走吧，此处有高人。"走出不远，艾虎说："可惜有一点，这个死尸扔在院子里，本地面官员怎么担当？"张英说："依你怎样？"艾虎说："依我，这房子离村口又远，孤零零的，放把火一烧，就算没事儿。"张英说："你说晚了，你看那火烧起来了。"艾虎回头一看，果见火光大作。艾虎说："这真是行家呀。"

非是一日，二人到了张家庄张豹家中。家人告诉，这里众绅士、财主、铺户凑了很多银钱，就是不能买二位活命。艾虎说："我来就行了。"次日，艾爷进城探监，有官差带着进死牢，那官差说："最北头那间是姓马的，最南头那间是姓张的，你自己去看吧，我在外边等着。"艾虎把着栅子门往里一瞅，就觉一阵心酸。马龙此时心中正想："要找着艾虎还好，找不着艾虎就是一死。"忽听有人低声叫他："哥哥，小弟来了。"马爷抬头一瞅是艾虎，刚要说话。艾虎低声说："哥哥，今晚三更时分我来救你，有话出去再说。"说毕，艾虎奔南边，听那屋铁链声响，原来张豹一个人抖着铁链子玩呢。小爷暗道："这才是没心没肺哪。"低声叫道："二哥，千万别嚷，小弟来了。"张豹抬头一瞧，艾虎又说："别嚷，别嚷。"张豹低声说："我算计你该来了。"艾虎说："你倒是真会算计。今夜三更，我来救你，不可声张。"张豹又嘱咐："你可早些来。"艾虎点头出来。一路把各处地方全都看明白。

回到张豹家，叫家人赶快收拾东西，出去躲避。又叫张英通知同族的人也该躲的躲。天到二更半，艾虎换了夜行衣，把刀背好。出了厢房，进城直奔监狱。到了狱门外，蹿进一道墙内，听一间房子里有人说话，把窗棂纸戳了个窟窿，一看里边是四个人正聊得起劲哪。少时，里面出来二人，早被艾虎踢倒捆上，口中塞物。艾虎又进屋中，把另两个也照样捆好。出来奔二道墙，眼前一条黑影，不知是谁，且听下回分解。

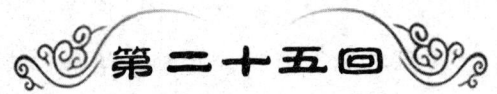

第二十五回
徐良暗显手段救难
兄弟忙于奔路遭劫

　　且说艾虎捆好四人,出来,就见眼前一人,如黑风相似,等再瞧,踪迹不见,心中好生纳闷。不容多想,艾虎着急救哥哥,直奔死牢。到了马龙这里,见他唉声叹气。小爷说:"哥哥,我来了。"马龙低声说:"贤弟,你看那锁头!"艾虎抬头一看,愣了半天,那锁头又大又沉。小爷连拧带撬,忙活半天也白费。马龙说:"算了吧,我命该如此。"艾虎心里着急,暗想:救不了两个哥哥,有什么脸面出去见人哪。正在为难,忽然想起狱神庙。人都说狱神爷有灵性,不如去拜拜他老人家。便说:"小弟去去就来。"到了狱神庙,艾虎双膝跪地说:"狱神老爷,我两个哥哥,马龙和张豹,为民除害,反遭昏官判成死罪。恳求狱神爷帮助弟子将他们救出去,我必重修狱神庙,另塑金身。"说完,连连磕头。又说:"若无灵验,我就死在这里。"

　　小爷回奔死牢。突然看见马龙站在院子当中。艾虎吃惊,问道:"哥哥怎么出来的?"马龙低声说:"我听见锁头'哗啦'一响,门就开了,进来一个黑影儿,我叫了一声'贤弟',眼前一道白闪,'哗啦'一声,我手上的锁链就断了一半。我以为是贤弟,再找踪迹不见。我还纳闷,你是怎么除去锁头的?"艾虎说:"我哪有那本事啊。我刚才给你们许愿去了,咱们出去以后,得空一定要重修狱神庙。这准是狱神爷显圣了。"马龙连连点头。艾虎说:"你等我一下,我看看二哥去。"

去了一会儿,艾虎回来说:"狱神爷没听明白,光救你了。咱们先出去,再到狱神爷跟前把话说明,叫他把二哥也救出来。"说毕,用飞爪百练索,把马爷拴上,马爷还带着脖圈,上头还有三尺多长铁链,暂时只得带着。艾虎先蹿上墙头,往上拽绳子,把马爷提上墙头,再跳下去。二人走到狱神庙前,马爷磕头,艾虎又祷告狱神爷。然后把马爷藏好,蹿回墙内。还没到死牢呢,就听见二哥在那里嚷嚷。艾虎欢喜非常,立刻说:"二哥,小声点。"张二爷一见艾虎,问道:"你把我救出来,上哪去了?"艾虎问怎么出来的,张豹说了一遍。艾虎一笑,说:"哥哥,不是我救的你,是狱神爷显圣。我给你们两个人许了心愿,重修狱神庙,另塑金身。要不,那么大的锁头,这么粗的铁链,怎么就断了?"说着,二人出去。再找马龙,踪迹不见。急得艾虎直跺脚。艾虎说:"我去找他。你可千万别丢了。"张豹说:"我死都不出这个屋子。"

艾虎出去,绕了一圈,也没找到人。只得回去找张豹,哪知张豹也不知去向。艾虎这个急呀,忽然看见一个黑影晃动,艾虎慌忙追了下来。真快,几下就追丢了。小爷站在那里发愣:"好不容易把人救出来,又都丢了。"一想大不了就是一死,就"哼"了一声。

忽觉得身后有动静,艾虎回头一看,站定一人。艾虎将要拉刀,那人"扑哧"笑了,"原来是三哥!"艾虎羞了个大红脸,赶紧叩头说:"你可吓着我了。不用说,种种事都是你做的。"徐良说:"你这冒失鬼,我还以为你有多大本事,原来就是求神的能耐。你和张英私下里嘀咕,我都听见了。你前脚走,我后脚就跟着。今天要没有我这口刀,准是不行。我要不来,你两个哥哥救不出去,你也死了。从此往后,做事可多想想,胆要大,心要细,行要方,智要圆。"说得艾虎脸跟红柿子似的。"哥哥,小弟跟你比,天渊相隔,惭愧。你把两个哥哥藏哪了?"徐良说:"那个我可不知道。"艾虎说:"你别让我着急了,够我受的了。"徐良说:"随我来吧。"艾虎再见两个人,脖子上的铁链都不在了,就知是徐三哥用刀砍断的。艾虎说:"我的哥哥,你们真把我急死了。"张、马二位说:"这位徐三哥说,是你们两个一块来的,他在外头巡风,你在里头救我们。"

闲话少说,几人到了外头,回到张家庄,张英迎出来,给艾虎道谢。家人把酒菜端上来,众人落座吃酒。家人把东西分散,粗重物件都不要,值钱的包了几个包袱。所有账目,都交给了张英。马爷对张英说:"你明早告诉我家管事的,好好照应买卖,我不定几年才回来。"马龙没有家室,无所牵挂。少刻,就见徐良打房上蹿下来,进屋说:"老兄弟,还喝哪!天一亮,官差一来,谁也走不了。"艾虎说:"咱们起身,放火烧房。"徐爷说:"且慢,等见着颜大人,查办赃官,你们哥们还能回家。不如此时暂且将门锁上,将来还是咱们自己的房子。"正说着,家人跑进来说:"远远的有灯笼火把,奔这里来了。"

徐良说："快锁门！"众人各自逃命。张豹、马龙奔古城，暂且不表。

单提徐、艾二人，一路赶奔武昌府，白天找店休息，专挑晚间赶路。走了几日，方敢白天出行，这一日进了山口，正赶上桃花开放，漫山遍野，香气扑鼻。二人说着找了一块卧牛石歇息。徐良说："老弟，咱们歇这地方可不好。"艾虎说："怎么不好？"徐良说："四面全是沟，就这一个山头，碰上歹人就危险了。"艾虎哈哈一阵狂笑，说："你我还怕什么歹人哪，小弟正闷得慌，碰见歹人，正好开开心。"徐良听了，把舌头一伸，说："兄弟小心闪了舌头啊！可别到时候又求神拜佛的。歇歇就走吧，我可怕事。"

正说话，听见有人说："哈！这地方好看哪，胜似西湖景。"艾虎说："我俩哥哥来了。"徐良说："可不是吗！"原来是胡小记、乔宾。黄花镇小五义结拜第二天丢了徐良、艾虎，大家就知道怎么回事了，也没等他们，直接去武昌府找大人。芸生有事单走。胡小记、乔宾不放心，奔岳州府，找他二人，在这里碰上。

忽然由西边来了一位老者，拉着个驴，那驴乱叫。艾虎说："人常说，'有花无酒少精神，有酒无花俗人也。'可惜啊，这要是有个酒摊就好了。"徐良说："你就是太贪酒。这个地方要是有酒摊，能喝吗？"艾虎说："只要有，管他呢，我就要喝。谁像你，怕前怕后的。"艾虎说着，过去向那老者打听。老者告诉他，这里的确有个卖酒的，挑着个挑儿，穿着乡村卖，常路过此处。这时候，西边来了一群人，都是些赶路的，有赶集的,也有背着铺盖卷儿的,都说:"好热啊! 歇息歇息。"对着艾虎他们另一边的石头坐下了,听说话,也有本地人,也有山西人,也有乡下人。

不多一时,又见山坡底下来了一个挑担卖酒的。老头说:"这就是卖酒的王三。王三掌柜的,才过来啊,好些人等着喝酒呢。"那边坐着的众人就都过去了,乱说喝酒。这个说打二两,那个说打三两,还有说打六两的。大家乱抢一回,付了钱,就在对面石头上喝,还有喝完了又去打的。

艾虎馋得直咽口水,说:"三哥,看见没有?"徐良说:"还是等会到酒店里喝吧。"艾虎说:"死了我都愿意。"乔宾、胡小记也都说不怕死,想喝。徐良无语。艾虎过去,要了一斤酒,王三没有那么大的碗,就把酒倒在一个坛子里。艾虎乐呵呵地抱回来。徐良说:"老兄弟,别人都不拿这个坛子打酒,你小心人家先把药下在坛子里。"艾虎一听,觉得有理,回头说:"这酒我不要了。"卖酒的听了生气,接过艾虎的坛子,用竹柄在里搅和半天,然后倒了一碗,自己喝了,连喝两碗,说:"哼!我这个人一生不做亏心事,你们这样诬蔑我,我非说明白了不可。"艾虎一见,连连告错,说:"别生气啊,不如我多给你几个钱,你卖我吧。"王三说:"一文钱我也不多要。"说着,又补回两碗酒。艾虎倒佩服起这个人了。

就见对面有人过来说:"王三,你不是有菜么?卖给我们点菜吃。"王三把后边的圆笼揭开,给那人拨菜。艾虎也瞧了瞧,原来是炒咸菜,青黄豆、红萝丁儿,勾了点粉面。艾虎买了两碟,问:"三哥喝酒不?"徐良回答:"不喝。"徐良自己拿出烧饼,把炒咸菜,青黄豆什么的卷在饼里头,拿着烧饼向北观花,说:"老西我吃烧饼赏花。这花呀,是看一会儿,少一会儿。"艾虎说:"你又不喝酒,疑什么心?"徐良说:"你别理我,心里头烦烦的。"艾虎说:"我怎么直晕哪?"说完倒下仨。徐良说:"我又没喝酒,怎么也……"也趴在地上。牵驴的老头哈哈一笑。不知几人性命如何?且听下回分解。

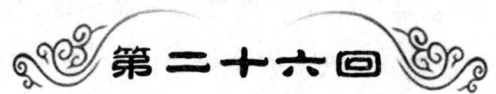

第二十六回
山西雁追人巧用计
弟兄们贼店显威风

且说，徐良四人受了哄骗，中毒倒地，一旁的老者、王三等人过来，抢了包袱和兵刃，老者把徐良的刀拉出来，看了看，笑嘻嘻地说："好买卖！"众人下了西山坡，往南，到了桃花村，进了一户人家。寨主叫病判官周瑞，出来问老者："毛二哥，买卖如何？"毛二把大环刀交给周瑞，说："寨主爷，这口刀价值连城，世间罕有。不信把你那刀拉出来比一比。"周瑞就将自己的刀亮出来。毛二说："你剁一剁。"周瑞拿大环刀，往自己的刀上一剁，"呛啷"自己的刀头落地，把周瑞吓了一跳。

二人正论刀，大家回来，把四位小爷全扔在篱笆墙那里。王三也过来瞧刀，大家无不夸奖。寨主说："今天这个买卖，别的我都不要了，你们大家分吧，我就要这口刀了。"毛二有些不愿意，说道："请问寨主，若叫你给这口刀开价，你肯花多少银子？"周瑞说："我啊，花两千银子，都是愿意的。"毛二说："既然这样，就算你二千银子，照样该分我们的钱也得分。"周瑞仗着自己是寨主非要这口刀，毛二也不松口。周瑞心里有气,抬手一刀,就结果了毛二的性命。周瑞说:"这是他自己找死,大家可别怨我。我向众位讨这口刀,哪一个不愿意的,就出来较量较量。"说话间,把刀一扬,就听见噗的一声,手背上中了一暗器,"当啷"刀掉在地上,又听有人说:"好一群乌龟王八蛋!"是山西口音骂人。周瑞一回头,面门上又中了一块石头子。众人一乱,徐良就蹿过来,有个手快的贪便宜,打算捡刀,早被徐良一脚踢出多远。

你道徐良怎么醒得这么快?原来他本就没中毒。他心神全在那个卖酒的身上,可是一点破绽也没有。后又瞧他们拨菜,就明白了。那时就要动手拿他们,又想:"凭几个小贼,做不出这样的事来,必是有为首的高人。这个主意不定害死过多少人,为首的跑了,仍然是祸患。"所以明知菜里有药,特意夹上烧饼,脸冲着另一边吃——怕他们看出来没吃。而后装作中毒的样,眯着眼睛瞧他们。就是他们过来摘刀,有些犹疑,但艺高人胆大,真没把这几个小贼瞧在眼内,还是装死。

单说徐良,拾起大环刀,见众人四散奔逃,说:"追!"其实一步也没追,只是干跺脚。怎么回事?他怕要追他们,三个兄弟就让人家杀了,他那性格,永不做没把握的事。这时,周瑞拿着双铜,带着一群小贼,又冲进来,抢铜就打。徐良将大环刀往上一迎,只一下就把铜削为两段。周瑞转头又跑了,那些个小贼也跟着跑了。徐良说:"追!""腾腾"跺脚,还是不追。

山西雁勇夺大环刀

等他们跑远了,徐良把胡小记三人一个个夹到后院,取来凉水,挨个灌醒,醒了还都说呢:"好酒呀!"徐良说:"差点就没命了,还好酒哪!"艾虎问:"这是什么地方?"徐良就把事情说了一遍。艾虎说:"三哥没将那周瑞拿住吗?"徐良说:"他跑了。"艾虎说:"哎呀,怎么不追呢?"徐良说:"我要追他。转回来一个人,你们仨就得没命。"胡小记说:"咱们加一起,都不及三哥聪明。"艾虎说:"咱们趁早离开这里吧。"徐良说:"急什么啊,天色已晚,我看住这里也不错,米、肉、水、菜全有。"艾虎说:"该怕的你又不怕了。这是贼窝,如果他们夜间回来怎么办?"徐良:"他们叫我吓破胆子了,放心吧。"连胡小记都有些不放心,又不敢多说。

折腾这一阵,大家也饿了,都忙着生火做饭。艾虎看见一大坛酒,乐呵呵地就找碗要喝。徐良气往上撞,把酒坛子抱起来,说:"刚才为喝酒,差点没死了。现在又想喝,实在馋得慌,趴地下喝吧。""啪嚓"一声,摔了个粉碎。艾虎把嘴一撅,敢怒不敢言。胡小记催着吃饭。大家饱餐了一顿,艾虎说:"我是吃饱了就困,我要先睡了。"徐良说:"睡觉?你想死吗?"艾虎说:"你看看你,我说不住这里,你说住;我说睡觉,你又不让睡!"徐良说:"我说在这住,那叫舍身骗贼人,他们晚上必来。咱们四个人一会儿睡觉,我头枕着你的脚,他头枕着我的脚,来个罗圈睡,都带着刀,包袱搁中间,全别真睡,装着打呼,要是有睡着的,把脚往上一抬,那人也就醒了。这个主意好不好?"胡小记说:"此计甚妙。"艾虎说:"好啊!你怎么想出来的?"四人进房间把门一关,躺炕上装着打呼噜,声音还真不小。艾虎说:"这贼三更天来了还好,要是不来,咱们这鼻孔都要抽干了。"大家笑成一片。徐良说:"要老这么笑,可就把贼笑跑了。"艾虎说:"还是一个一个地打呼噜吧,省点劲。"真就一对一声,接连着打了。

果然不出徐良所料。周瑞虽跑,总舍不得那刀,也不想就这么丢了老巢。把众小贼都召集在一起,派了一个回去探风,知道徐良他们没走,单等晚上搬柴火烧死他们。将到二更半,众贼人由后篱笆墙蹿入,搬柴运草。搬东西总有响动,几位小爷听见外头一响,彼此把脚乱抬。徐良先蹿下炕,开门一看,柴草堆了四尺多高,被徐良一脚踢散。周瑞不敢交手,转头就跑。徐良咬牙切齿,在后面紧紧追赶。艾虎、胡小记、乔宾三人也都跟着蹿出来,拉刀就剁。三位小爷像切菜一样,一会儿的工夫,杀得干干净净。当然也还有漏网逃掉的。

单说徐良追周瑞,追到一片苇塘边,眼瞅着周瑞钻进苇塘。徐良骂道:"好乌龟浑蛋!以为进苇塘老子就看不见你了?你往西北去了。你走哪里,上头的苇叶就动在哪里。咱们两个西北见。"周瑞就听见"腾腾腾"的脚步声,绕着苇塘,直奔西北。周瑞暗笑:"你说我是浑蛋,你比我更浑。我本没注意上头的苇叶,你还提醒我。"自己一转身,慢慢地分着苇子,扑奔东南。出苇塘一瞅,忽然前面起来个人,说:"你才来呀,老西久候多时了。"这可把周瑞吓坏了,转头又扎入苇塘里。徐良说:"追!"但没进去。因为敌在暗己在明,进去怕吃亏;又怕里头有水,徐良不会水。看了一会儿,那苇叶不动了。徐良心想：必是周瑞怕外边瞧见，不敢动了。徐良说：
"你就在那蹲着吧，我在外边看着，看谁能耗过谁？"其实自己
轻轻地就走了，按旧路而回。回来遇见艾虎，艾虎问情况，徐
良就说了一遍。艾虎说："可惜！要是我就追进去了。"二人
回去会合胡小记、乔宾，把那些死尸，连毛二都堆在屋内，正
好有现成的柴草，用火点着。

　　一切处理妥当，继续赶路，整整走了一天。到了晚间，路
遇一个大客店，字号是"兴隆老店"，四人就住下了。徐良看
了看屋子，见西屋里有张八仙桌，桌子底下扣着一口铁锅，两
边有两张椅子。说："你们看，这有些奇怪。"艾虎说："人家不
用的破锅，你也疑心。"徐良说："这可是新锅。老兄弟，去搬
开瞧瞧。"艾虎过去一搬，一丝没动。徐良说："算了吧，咱们
一会儿别吃酒菜，就吃馒头。"这时候，伙计进来问："几位爷
要什么酒饭？"徐良说："我们要的多着哪。你先去烹一壶茶
来。"伙计下去。徐良说："咱们要说不吃酒菜，再叫烹茶，也
许就给下药。"大家说："有理。"少刻，把茶烹了来，徐良说：
"你先给我们端上五六斤馒头来，我们瞧瞧面好不好。面要
不好，我们吃饼。"不多时，伙计又端了馒头。大家都说好，把
馒头留下。伙计又问："要什么菜？"徐良说："什么也不要
了。"伙计说："怎么不要菜呢？"徐良说："你看不出来，我们都
是吃白斋的，连咸菜都不能吃呢。"伙计说："吃白斋的也有，
怎么四位一起吃白斋？"徐良说："我们因得了痨病，只许吃白
斋，百日就好了。"伙计说："你们几位这个身子，还痨病哪？"
徐良说："这都是吃白斋好的，前一个月，连站着都不行呢。"

伙计说:"既然是这样,一会儿,烹茶的时候叫我。"大家吃完,喝了这壶茶,把门一关,在炕上安歇,也不脱衣裳。伙计过来问烹茶,就有五六趟。后来把灯吹了,再来就说睡觉了。

直到三更时候,徐良把艾虎、胡小记叫醒,徐良低声说:"锅响哪。"胡小记说:"我也听见了。"徐良三人听见西屋的铁锅响,便悄悄下炕,奔西屋内。八仙桌子底下那个铁锅"哗喇"的一响,三位爷轻轻地把八仙桌子挪开,往那里一蹲。你道为什么不叫醒乔宾?皆因他粗鲁,说话嗓音又大。待了半天,就见那锅往上一起,打里边钻出一个脑袋。胡小记过去就要抓,被艾虎拦住,其实是个假人脑袋,出来进去好几次,才有个真人打里头钻来,被山西雁一把揪住,人头砍下,把尸体轻轻一丢。底下那个问:"哥哥上去了?"连问了几声,见没有回声,索性上来,被艾虎抓住,一刀杀死。第三个上来,徐良一下没揪住,就听见里头"咕噜噜"滚下去了。

你道这个贼店是什么人开的?这个人姓廖,叫廖豹,就是前文开绮春园的那个廖货的弟弟。他这黑店不是进来就死,看人行事,也不怕住满客人,总看着有钱的才悄悄下手,所以一点坏的风声也没有。可巧艾虎他们来住店。有原来绮春园廖货的手下,投奔在这里,一眼认出艾虎、胡小记、乔宾,告诉廖豹知道。廖豹咬牙切齿想给哥哥报仇。嘱咐手下用蒙汗药。天到初更,下人回来说:"掌柜的,这四个人可不好办哪。"廖豹问:"怎么?"下人就把他们怎么吃白斋,怎么不要酒菜的事说了一遍。廖豹说:"那就等他们睡熟时,由地道进去!"且听下回分解。

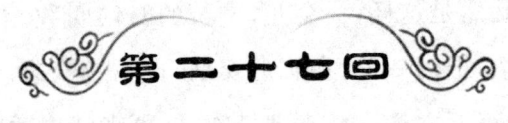

第二十七回

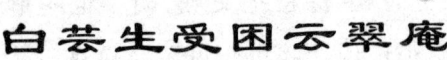

假老道难哄有心人
白芸生受困云翠庵

且说廖豹下定决心要除掉艾虎他们,晚间派出三个贼人由地道进去,结果死了俩,跑了一个,去找掌柜的说:"不好了!人家有防备。"廖豹急忙带人冲进房间,众人一围四位小英雄,就动起手来。艾虎和胡小记对付几个厉害的,乔宾、徐良打围。徐良一挥刀,就把众人手中的家伙削为两段,众人就顾不得动手了,扔了兵器逃命。少刻,那些伙计连影都没有了。只剩下廖豹一人和艾虎拼杀,也不是艾虎的对手,无心恋战,虚砍一刀,转头就跑。啪的一声,面门上中了一飞蝗石,肩头上又中了一支袖箭,也顾不得疼痛,恨不能肋生双翅,逃出店外。徐良、艾虎跟着紧紧追赶。胡小记、乔宾也跟了出去。

追到庙前,踪迹不见。徐良与艾虎蹿上墙头,一看好大个庙宇。正看着,忽然打里边出来了个小道童,对他们说:"我们祖师爷打发我出来,请你们进去。"当时就把艾虎、徐良吓了一跳,心想他怎么知道的?小童又说:"祖师爷算出来的,你们下来吧,也不害你们。"两人下来,跟着小童到里边,见一老道。老道没看他们,就说:"你们不是四位吗,怎么来了两位?"艾虎看着徐良发愣,暗说:"遇见神仙了。"徐良说:"是四个,那两个在庙外。"老道吩咐请进来。

众人相互见过,老道叫童儿上茶。徐良说:"道爷你神机妙算,不如给我们占算占算,指引我们将贼人拿住,与一方除害。"那老道说:"不难。"拿卦盒一摇。说:"有一件事,我们出家人以慈悲为怀,拿住他,千万要劝他改邪归正。你要杀他,可就损了我的阳寿了。"徐良说:"你放心,要是劝他不听,我们也把他放了。"正说话,就听艾虎"哎呦"一声,栽倒在地,其他两个也跟着倒了。徐良急忙回手拔刀、掏镖。老道把手中卦盒冲着徐良面门打过来,蹿出屋去,喊道:"贤侄,快出来!"徐良把卦盒挡开,没敢追,在里面守着三个人。

你道这是什么缘故?原来这个老道与廖豹是一伙的,常以叔侄相称。他叫小童在茶水里下了蒙汗药。艾虎他们追了半天贼,哪个不渴,就徐良忍着没喝,他总看这个老道不像善类。果然,三人喝茶后都倒了。

徐良不敢出去,老道和廖豹在外边骂:"山西人快出来受死!"徐良说:"道爷,是你说的出家人以慈悲为怀。饶了我吧,我给你磕头了。"老道不知有诈,说:"谁让你们害我侄子,休要废话,出来受死吧。"话未说完,就见徐良在门口矮身,像是要磕头的样子,一低头,由脑后飞出暗器,正中老道的咽喉。徐良起身说:"廖兄,不如我给你也磕个头吧。"廖豹眼瞅着一个头磕死一个人,哪受得起,撒腿就跑。徐良一抬手,打出一支袖箭,钉在廖豹身上,没打中要害,他就跑了。徐良干着急,也不敢追。四下里找来点水,将三个人灌醒。艾虎先说:"牛鼻子哪去了?"徐良就把经过讲了一遍。胡小记说:"咱们也真不害羞,要不是三哥,早死多时了。"四人一起将老道的死尸埋了,找不到逃跑的贼人,只好又起身赶奔武昌府大路。

这日就进了武昌府地界。吃完早饭,刚要出饭店,有人在艾虎背后叫道:"艾五爷,遇见你老人家,可就好了。"艾虎一瞧,不认识,问是什么人,那人说:"我是芸生公子身边的仆人,叫白福。"徐良问道:"发生了什么事?"白福擦着眼泪,领着几位到了店中,许多随从迎出来挨着个地给艾虎他们磕头。进屋中,大家落座,白福才说:"我家主人丢了好几天了。"徐良问:"是怎么丢的?"从人说:"那是住在这里的第二天早上,碰上阴雨天,也就没赶路。我家相公烦闷得很,要出去散心,还不让我们跟着。自打那天他出去之后,就没回来过。"徐良说:"我大哥有什么仇家吗?"回答:"肯定没有。他脾气也好,在家中不是习文,就是习武,出门总是我们一群人跟着。"

众人说不出头绪,徐良他们只好分头出去寻找。别人不提,单说艾虎,他找了个酒铺坐下喝酒,心想:这里人多嘴杂,兴许能查出线索。忽然,打外头进来个醉鬼,张口就要好酒,伙计说:"可不能再赊给你酒了。你要没钱,就赶紧走吧。"醉鬼说:"今天晚上我就有银子了。你先记账,晚上我连前账一块清了。"伙计说:"那可不行!"醉鬼说:"小二哥,庙里那个事,我全知底细。不但那个事情,他们还抓了一个人呢!晚上我去了,一定能要着银子。"艾虎听了,心想:"抓着一个人?

不如我请这人喝两壶酒,问他一问。"于是说:"那个朋友,过来,我请你喝两壶。"那人也不客气,坐在对面。

艾虎问:"这位大哥贵姓?"回答:"我叫刘光华,就爱喝这一口。"两个人边喝边聊,艾爷说:"我方才听你说晚上就有银子了。怎么偏赶晚上才有?"回答说:"你不知道,咱们这西边有个尼姑庙,叫云翠庵,是个漂亮的小尼姑叫妙修的掌管。她净结交这里豪绅、富户、大财主的少爷。每天晚上,总有好些人住在庙里。而且那个尼姑还很有本事,高来高去,走房如踏平地。"艾虎说:"你怎么知道的?"刘光华说:"我姥姥在庙内佣工,跟我说的。"艾虎道:"你方才说抓住一个人,是怎么回事?"刘光华说:"那可说不得。"艾虎左一杯,右一杯,苦苦劝酒。灌得他两个眼睛发直,艾虎又问道:"庙里头抓的人,到底是男是女?"醉鬼说:"女人也有,男人也有。女人可说不得,是我们本地的,这里头还有人命哪!男人也不知是哪来的,长得比大姑娘都好看。那个尼姑情愿将他留在庙中,他偏不肯,就被囚禁起来了。"艾虎想着必是大哥了,又问道:"是文的?还是武的?"回答说:"是个武的,能耐大着哪。"艾虎一想,更是大爷了。欲知能否找到大爷下落,且听下回分解。

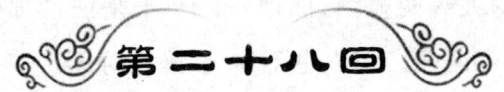

第二十八回
高保定奸计损生命
徐艾庵堂内见盟兄

且说艾虎在酒鬼这里得着消息，乐呵呵地回到顺兴店中。见徐良正坐那里叹气呢。艾虎说："三哥，打听到什么没有？"答道："唉！一无所获。"胡小记也打外边进来，说："白挨累了，什么消息也没得着。"徐良说："看老兄弟这神色，必是打听着了。"艾虎就把方才在酒铺遇见醉鬼的事说了一遍。徐良欢喜，商量着晚上去救芸生。大家饱餐了一顿，等到初更之后，乔宾、胡小记看家，徐良、艾虎预备兵刃，换了夜行衣，直奔云翠庵而去。

到了云翠庵，二位从后墙蹿进去。一看里头地方宽阔，房子也多。两人施展夜行术，进了一个花园，见有两个小尼姑，就听她们说："像这样男子也不多了，今晚再不点头，就准没活了。"两人到了一所房前，进了门。二位好汉用指尖戳破窗纸，往里看。见芸生大爷被绑在椅子上，低着头。旁边坐着一个尼姑，二十岁上下，衣服华丽，透着妖淫之气，正劝大爷喝酒，大爷一语不发。外边二位看这光景，心中好不凄惨。艾虎就要进去，徐爷一把拉住。

你道这芸生大爷怎么在此？说起来话长，就因那日芸生未带从人，一个人出了店门，走累了，便进了一座酒楼要些酒菜，在楼上窗边，瞧着街上来往行人。忽见有个二人小轿，后面跟着个小尼姑，路上行人低声谈论。可巧芸生同桌一个人连连叹息，芸生好奇，便向那人打听情由。那人说："世间不平事太多了。方才那轿子里头是位姑娘，姓焦叫玉姐，爹爹死得早，哥哥焦文俊出去闯荡，说非得发财才回来，一走就没消息了，就剩娘俩相依为命。这有个财主，姓高，他有个儿子叫高保，相中人家焦玉姐，几次提亲都遭拒绝。如今这高保私通云翠庵的尼姑，要诓人家姑娘上庙。尼姑设计，想让高保强占人家姑娘。唉！"

芸生天生的侠肝义胆，最见不得这个。打听好庙的所在，急忙离了酒楼，直奔云翠庵。到了门口，察看地形，想着晚上过来救人。一个小尼姑看见白芸生，回头说："师父，你瞧那个人。"里面又一个尼姑，往外一探头，两眼发直，就像离魂了一样。芸生本来就好看，十七八岁的姑娘都没他长得俊秀、清雅。那妙修本是个淫尼，早就神驰意荡了。芸生也瞧见了淫尼，见她死死盯着自己，芸生有些羞臊，调头要走。尼姑哪舍得叫他走，说："阿弥陀佛，这位施主请到庙中坐坐，小僧有事相求。"芸生本是为解救女子而来，想着正好趁此机会，到庙中走走。便随着尼姑进了云翠庵，一直往后，直到西跨院一所房屋。尼姑说："我有个帖想请公子给解解，我就去取。"不多时，小尼姑们端上丰盛的晚餐，大爷饱餐了一顿，想着好有力气杀人。可等了半天，也不见人进来。芸生出去一看，原来是把跨院门给锁了，芸生暗笑，就这样的墙壁，如何挡得住你家公子爷！将要纵身上墙,忽见墙头一个黑影,转眼就不见了。

且说那尼姑并不是取帖,她是去找高保商量焦家姑娘的事。只因是玉姐儿是个孝女,这天正赶上老母身染重病,尼姑得着消息,上焦家骗玉姐去庙里给老母请神问药。到庙中,她们把姑娘安置在东院。把高保安置在北院。尼姑先见了高保,两个人打情骂俏,亲热一番。妙修说:"天已不早,我把你先送上楼去,可别点灯。我骗那姑娘就说去请神,到屋里,趁着黑暗,我一躲,你将她揪住,我就不管了。"二人说着,出了房。将高保安置好,尼姑又去见小姐,把小姐带出去,要到楼下,忽听上面"哎呀"一声,像是杀人的声音。姑娘战战兢兢地问道:"上面什么声音?"尼姑说:"别慌,你在此等等,我先上去看看。"尼姑上楼,正要进屋,冷不防,里头飞出一样东西,正撞自己身上,"咕噜噜"地滚下楼梯。等起身,再回楼下一看,姑娘也不见了。

尼姑正纳闷,突然耳后生风,"嗖"地一刀下来。尼姑是个练家子,一闪身躲过,转头就跑,大声喊叫说:"后头的人快出来,有仇家了!"芸生哪里肯放?随后就追。不多时,从后面来了两个飞贼,一个叫碧目神鹰施守志,一个叫铁头狸子苗锡麟,都和尼姑是相好的。两个人提着利刃,就把芸生挡住。三人交手十几个回合,大爷往下一个败式,一回手打出飞蝗石,正中苗锡麟面门,吓得他转头就跑。白大爷一反手,又是一块飞蝗石,正中另一个的额角,鲜血直流,这个转头也跑。大爷随后就追。

正要赶上，就听"嗖"的一声，大爷往旁一闪，"当啷"一声，一支金镖落地。原来是尼姑来做帮手。尼姑说："好负心郎，把你请进来，供你酒饭。你却如此对我!"摆刀就剁。芸生与她也就打了十几个回合，尼姑就知道要吃亏，想走；忽见芸生虚晃一刀，转头就跑。尼姑不知缘故，跟着追过去，芸生啪地就是一飞蝗石。尼姑会打暗器，也会躲，躲过这一下，转身就跑，芸生在后面追赶。尼姑越上房，芸生也上房，到了后边，见她在院中站着说："这条命不要了!"芸生不知有诈，跳下房去，扑通一声，坠落陷坑。这一摔下去，芸生捡刀往上一跃，脚尚未站稳，早让那男贼揪住小腿，哪有不倒之理？另一个上来就是一刀，芸生躺在地上把眼一闭，心说完了。尼姑赶忙拦住，叫他们把芸生捆了，说："你这个东西，敢情这么厉害哪。那个高相公，多半是让你给杀了吧?"芸生说："我可不认得什么高相公。"他们将芸生扛起来，直奔西院。

一找那个姑娘，早不知去向了。楼上的高保早已被杀。尼姑说："相公，我问你，这个高相公是你杀的不是？焦小姐你知道下落不？你只管说出来，我绝不杀害于你。"芸生说："既然这样，我实话告诉你，我听旁人说你这尼姑要用奸计污染人家姑娘，我是来打抱不平的。杀那姓高的另有其人。你上楼的时侯，他就蹿下楼了，背起那个姑娘就走。我以为他也不是好人，原来他是姑娘的哥哥，叫焦文俊。"尼姑一听，怔了半天，说："焦文俊这小子，怎么有的这一身本事?"

书中暗表，原来这个焦文俊自十五岁离家出走，又没带钱，巧遇世外高人，收他做了徒弟。五年的工夫，练了一身本事。因为他时常惦念老娘，他师父给了他二百两银子，叫他到家看看再回去，功夫还未学成。可巧这日到家，正遇见他老娘染病，母子见面大哭。问他妹子怎么不在，老娘就把问神请药的事说了一遍。他有些不信，趁晚间直奔尼姑庵。到了庙中，就遇见此事。将妹妹救走，暂且不提。

单说芸生，妙修舍不得杀他，把他囚在西院。求生不得，求死不能，芸生实在无奈。这日晚间，尼姑又预备晚饭，妙修把酒斟上，左一句相公，右一句心肝，劝说芸生。芸生忍无可忍，说："淫尼！少在你公子爷跟前絮絮叨叨，要杀就给爷来个痛快！"尼姑一听，气往上撞，动了杀机。欲知芸生性命如何，且听下回分解。

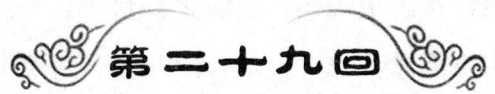

第二十九回

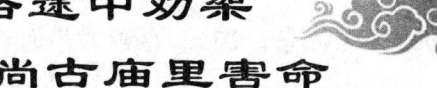

三侠客路途中劝架
凶和尚古庙里害命

　　且说尼姑妙修苦劝芸生，见芸生至死不从，便起了杀机。正要动手，忽听外边说："好淫尼！还不出来受死，等到何时！"徐良和艾虎已经来了有一阵子，就是想看看芸生人品如何，听了半天，也没听出什么差错，暗暗佩服。二人蹿入屋中，给大爷解了绑，见尼姑跑了，也顾不得行礼，转身追了出去。一直到后边，见尼姑同两个贼人各持利刃过来，几人斗到一处。芸生心里有气，没有兵器，抓着个顶门的杠子，也冲过来，正好和苗锡麟交手。苗锡麟摆手中刀，就往下剁，芸生这根顶门杠子本来就沉，用尽力气，往上一迎，只听见"噔啷"一声，把刀磕飞；再往下一拍，就结果了苗锡麟的性命。尼姑一急，冲着徐良就是一镖。徐良说："哎呀！老西可不白要人家东西。""嗖"的一声，将那支镖照样打了回去。可把尼姑吓坏了，仗着躲得快，举刀就剁，徐良的刀挡在她的刀上，"呛啷"削为两段。尼姑一愣神，徐良的刀就到跟前了，她也死在当场。另一贼人施守志趁机逃跑。三人与庙中的小尼商量，明日报官，把一切责任推在施守志身上。一切处理妥当，便起身回到店中。

随从们都在店中等候。三人来到房中，大家互相见礼、道惊。芸生就把经过说了一遍，连胡、乔二位都赞叹说："这样一位娇生惯养的公子，竟能受得了那样的苦。"众人聊了一会儿，都去休息。次日，直奔武昌府，暂且不表。

回过头，再说智化众人。大人这一丢，蒋平、智化解开了沈中元的藏头诗，各路分散着寻找大人。有走夹峰山前边的，有走夹峰山后边的，有上娃娃谷的。在路上各有各的事，咱们说完了一段再表另一段。

先提北侠、南侠、丁二爷，三人离了晨起望。这日，路过一个小村口，见前边围着许多人，进去一看，原来是两个老头扭打在一处。丁二爷好事，过去把两人拉住，问原因。南侠、北侠本不想多事，见二爷过去，只好也跟着过去。围观众人一瞧这三位：一位像判官，一位傲骨英风，一位如少女一般。

丁二爷拉着两个老头刨根问底。一个老头只好说："我叫杨大成。我有个儿子叫杨秀。这个是我亲家，叫王太。他有个女儿，嫁给了我的儿子。前阵子说想女儿，非要接回去，没想到他接回去，又将女儿许给人家了，或是他又卖了，他反倒找我要人。"那个姓王的说："这位爷，你想我怎能做出那样的事？我把她接到家中没几天就送回来了。我今天来看女儿，不想他反赖我把女儿卖了。我苦命的女儿啊！"

丁二爷一听没了主意，向北侠使眼色。欧阳爷暗笑："你这么好事，又没能耐管。"北侠上前，说："王老，你女儿可是你亲自送到他家的吗？"王太说："不是，是我叫女儿的表兄姚三虎送来的。"北侠说："那去找他表兄问问啊。"

三侠客热心劝架

王太道:"三虎他无父无母,平时做些挑脚的生意,就跟着我过。自从送他表妹去后,到现在还没回来。"北侠说:"那就是了,说不定他们半路遇到了什么危难。"杨大成说:"是他们爷们半路把我儿媳妇给卖了。"说毕,二位又要扭打。北侠拦住说:"你们二位不用打架,两下派人去找,就在你们两个村子之间找。找不着,到武昌府找我们,我们是大人跟前的官差,大人准能给你们断清楚。"两人点头同意。

三人离了村庄,赶上下雨,见路北有座大庙,前去叩门。出来两个小和尚,把他们带了进去,住持和尚来见他们,问过名姓,唯独展南侠报名,大和尚一愣,说:"小僧打听一位施主,姓蒋,蒋护卫。"三人都说:"那是我们至交。"和尚哈哈一笑。北侠说:"你认得蒋四爷?"和尚说:"只是听人说过,此人文武全才,足智多谋,可惜无缘见面。"说了一会儿话,和尚告退。

少刻,小和尚端过酒菜,就出去了。北侠一看那小和尚出去时,又转身看了他们一眼,神色不正。北侠觉着诧异,说:"二位贤弟,千万可别喝这酒,我到外头去看看。"北侠出去,到了一个大窗户旁,忽听见里头有个醉醺醺的人说话:"众位师兄,我学着念个阿弥陀佛。"众小和尚说:"边儿待着去,臭烘烘的,我看你就配做个挑脚的。"北侠听着一愣,想起那两亲家打架时说,王太那女儿的表兄是个挑脚的,别是那姚三虎吧? 又听那人说:"你们不搭理我,我去找茅房了。"说着离开。北侠跟过去,悄悄从后面掐住他脖子,像拎小鸡子一样,把他拎到空房里,北侠拿刀,在他光溜溜的脑袋上蹭了几下，那小子可不用找茅房了，一下全解决了。北侠说："我且问你，你可是姚三虎？"那人说："我正是姚三虎。"北侠说："你既是姚三虎，这事情就好办了。"随即把他捆起来，嘴堵上，藏在屋子里。

北侠急忙赶回客堂，见展爷正在那里为难，丁二爷躺在地上。北侠一怔，问道："展大弟呀，这是怎么回事？"展爷说："他说他腹中饥渴，要先喝一杯。头一杯喝着没事，又连喝两杯，就倒地上了。我怕出意外，也没敢出去。"北侠赶忙出去找来凉水，把二爷灌醒。呕吐了半天，二爷站起来，问："两位哥哥，我是怎么了？"南侠把他中蒙汗药的事说了一遍。北侠也把遇见姚三虎的事说了一番。二爷急脾气，转头就要找和尚算账去。北侠拦住，说："他既用蒙汗药，一会儿必来杀咱们。到时候拿住他岂不容易？然后我们再去办王太女儿之事。"三人说完，把灯吹灭，单等和尚过来。不多时，就听外边有脚步声响，进来两个小和尚，一进门就跌倒被捉。北侠问："你们师父为什么要害我们？"小和尚说："你们与我师父有仇。我们师爷就是死在那位蒋四老爷之手。"北侠又问姚三虎的事情。小和尚说："姚三虎牵着驴，驮着他表妹，被师父骗进庙。那少妇节烈，不忍受辱，一头撞死了。师父就给姚三虎落了发，留在这里当和尚。"北侠听完，将他们嘴塞上，藏在床下。

三人出去寻找大和尚，到了东院，忽听里面有许多妇女的说笑声，二爷见这般光景，气往上撞，忍不住大骂："好贼和尚！"大和尚邓飞熊听了蹿出来，看见三位占据正南、正北、正西，单等他出来。和尚先奔丁二爷,和尚以为他手中这对护手钩天下无敌,因为一般的兵器见钩就得输八分,他先用单钩往上一迎二爷的宝剑,只听"呛啷"一下,钩就没了半截。吓得他又往展爷那里一蹿,先拿着半截钩一晃展爷。展爷用剑一迎,"呛"的一声,半截钩又没半截,把凶僧吓得魂不附体。

这时候,外边众和尚一起闯进来。邓飞熊躲过南侠,又奔北侠。心想,这位使的是口刀,总不至于像宝剑那样厉害吧,打算从北侠这里逃出去。恶僧手里双钩,就剩了一个,奔北侠就是一钩,北侠往上一迎,就听"呛"的一声,这个钩也被削去了半截。邓飞熊暗道:"他们哪里找来的这些兵器?"急中生智,说声:"招家伙!"北侠以为是暗器,原来是他把半截钩扔出来,北侠一闪身,他就从旁边蹿过去了。众小和尚围了上来,北侠慈悲心肠,不忍杀害这些个小和尚,一耽误工夫,邓飞熊就跑远了。

展爷说:"你们这些个好不识时务,还不把兵器扔了!都不想活了吗?"小和尚一个个全将兵器扔下,跪倒求饶。展爷他们把后边妇女全都释放,又问清楚埋葬姚三虎表妹的地方。不多时,地方官进来,有人给他引见展护卫。众人就把庙中之事说了一遍。至于怎么处理姚三虎,怎么找来杨大成、王太,不必细说。

解决一切,三位爷告辞起身,又走了一天,猛然间,尘沙飞扬,发生了一件诧异之事。欲知后事如何,且听下回分解。

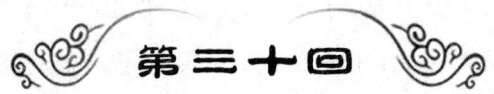

第三十回
小酒馆锦笺苦求情
三清观魏真恼山王

　　且说三侠离了寺庙，晓行夜住。这日在一家酒铺吃酒，忽见打外头跑进一个人，眼含泪水，进来就喊："渴啊！哪有凉水啊？"伙计说："后头水缸里有，自己喝去。"那人直奔缸去，刚要舀水。北侠见他气喘吁吁，心血上涌的样子，若要喝下冷水，恐怕炸了肺，人就废了。北侠拉住说："你别喝冷水，我们这里有茶。"那人说："不行，热茶喝不下。我喝了水还得报官去哪！我们相公，连少奶奶、姨奶奶、婆子、丫鬟、马匹、钱财，全让他们抢了去。"北侠问："什么人抢去的？"回答说："就是那个夹峰山上的山贼。我非去找这里的州官理论不可，他要不好好给我们拿贼，他这官甭打算做长了。"北侠笑道："你们家势力倒不小啊。"那人说："我可不是吹，襄阳太守是我们少爷的岳父，长沙太守是我们少爷二叔父。"北侠说："你家相公是施俊吗？"那人瞧着北侠说："你怎么认得？"北侠说："有个艾虎，你听过没？"那人说："那是我家相公的把兄弟。"北侠说："艾虎是我的义子。"

　　书童急忙叩头喊爷爷，又见过了丁二爷和展护卫，书童说："三位爷爷，锦笺求你们搭救我家主人，若救了出来，感激不尽。"说着"当当"磕响头。丁二爷先说:"你不用着急。就那些个山贼草寇,姓丁的一到,准都玩完。"立刻就催着南侠、北侠起身。欧阳爷拦住,叫伙计问:"伙计,夹峰山上有多少山贼,你可知道?"伙计说:"这座山不久前才有的山寇。听人说,有三个寨主,喽兵四五十人。"北侠说:"这山上寨主姓什么,你知道不?"伙计说:"听人家说,大寨主叫御猫展熊飞。"三人听了大笑,问:"二寨主哪?"回答:"叫彻地鼠韩彰。"三人又笑,问:"三寨主哪?"回答道:"不大记得了。"展爷说:"展某竟成了山大王,说出去脸上无光。看来此事,就是你们不想管,我也得管管了。"

三位出来,带着锦笺。走到日落,见对面一座道观,观门里走出个老道,一身银灰色装扮,五官端正,精神饱满,一派仙风道骨。老道说:"三位施主,哪有过门不入之理?请在小观喝杯茶吧。"本想不去,奈何老道再三苦让,连锦笺一起进了屋子。道爷问及名姓,三人各自说明。老道大笑说:"贫道久闻三侠大名,如雷贯耳,今日得会尊容,实在是小道的万幸。"北侠问:"还没领教道长贵姓?"老道说:"小道姓魏,单名一个真字。"北侠说:"原来是云中鹤魏道爷,弟子也是久闻大名,只恨无福相会。今日相逢,我等荣幸之至。"说完大笑,暗看展、丁二人一眼,都知道他是沈中元的师兄,他在此处,说不定沈中元和大人也在他的观内。

北侠又说:"我久闻贵师兄弟是三位。"老道叹了一声,说:"施主怎么知道?"北侠说:"你那三师弟与我们弟兄都有交情。我等正有一件大事为难!今见道爷,可就好办了。"云中鹤说："容我先说一件事。我当初云游山西时，住了十多年，教了个徒弟，和你们不是外人。"北侠问："是哪个？"回说："就是穿山鼠徐三老爷的公子。我见他生得古怪，黑紫面庞，两道白眉，连名字都是贫道起的，叫徐良。如今他十八般兵刃、夜行术与打暗器都练得不差。他天生聪明伶俐，仗义疏财，在山西地面颇有名气。"三位听了大喜，说："徐三爷一生憨直、忠厚，竟得了这么一个精明的后人。"南侠问："道爷，能否告知你二师弟的下落？"道爷说："自打我去了山西到现在，就没见过师弟他们。不知我那个下流的师弟做了什么坏事？"北侠就将沈中元之事，一五一十说了一遍。云中鹤一听，愣了半天，说："哎呀，他竟敢绑架钦差大人，定是剐罪。"又问："我那三师弟如何？"一听改邪归正了，魏老道才有点笑模样。

北侠又提了山贼之事，魏真说："那些山贼并不杀人放火。"北侠听了大笑，把锦笺叫过来，锦笺把事情的经过说了一遍。魏老道觉着脸上发烧，三位侠客都笑了。道爷说："三位不知，那个大寨主玉面猫熊威，是我的拜弟。我让他占山，本是叫他等机会入营当差。"丁二爷笑着说："玉面猫熊威？怪不得！和御猫展熊飞发音的确相近。"南侠说："那个彻地鼠大概也不是韩彰了。"回答："不是，叫赛地鼠韩良。"又问："那三寨主呢？"道爷说："叫过云雕朋玉。今日我定要去看看此事，若属实，我必亲手宰了那三个小辈。"

大家吃毕晚饭，出了庙门，老道与三侠一齐施展夜行术。不上二里，已经把丁二爷、展南侠丢在后头。北侠就觉着脸上发烧，自己不愿输给老道，脚底下加紧，老道也加紧脚力，一气就跑出了四五里地。北侠说:"道爷,我可不行了,输了输了。"云中鹤见他嘴上说输了,脚底下仍然在跑。老道把步止住,说:"欧阳施主,我不行了。"北侠见他停步了,才停住说:"可把我累坏了! 歇歇吧。"云中鹤擦了擦汗,暗暗佩服北侠。好半天,丁二爷、展南侠才到,展爷说:"道爷,好精的功夫!"说着话,就到了夹峰山后山。

北侠说:"我就怕爬山。"老道心里高兴,暗想:爬山他肯定不是我的对手。魏真在前边,"嗖"的一下,蹿上去约有八尺多高,回头叫:"欧阳施主!"北侠一步一步地爬着,说:"这还了得,又没个道,怎么上得去?"云中鹤一听,更觉着喜悦,随走随叫,直到听不见声音,约走了七程的路,心想:北侠可能爬了连二程都没有,就大声叫道:"欧阳施主!"忽听头上有人答话:"魏道爷! 我在这呢! 你怎么走我底下去了?"云中鹤往上一瞧,就见北侠离着他有十丈开外,暗道:"他怎么上去的? 哎呀! 我上当了! 别人都说,他是两只夜眼,我如何是他的对手?"云中鹤笑了,说:"论走山,我没有敌手,偏巧遇见个北侠。"

二位说着就到了后寨。两个蹿上墙头,直到聚义厅外。正看见屋内三家寨主,一个说:"二哥! 你做的都是什么事,要让老道知道,咱们全都得死。"赛地鼠说:"又没难为妇女,都交给嫂嫂了。"正说话,由后边跑过两个人,嚷说:"寨主爷! 别杀那个相公,他是咱们的恩人。"若问是什么恩人,且听下回分解。

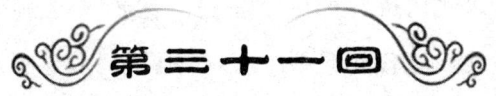

第三十一回
施俊绝处又逢生路
英雄相聚大闹山寨

且说抢劫施俊之事，都是韩良一人的主意。只因他多喝了两杯酒，糊里糊涂地就带人把施俊他们劫上山。不过，对女眷还是善待，全部交与后寨夫人。夫人吴氏，见金氏娘子品貌端庄，问明了家中情况，赶忙倒身下拜。把金氏娘子吓了一跳，又细问缘由。

原来玉面猫熊威，先前在地方上打死了人，可巧遇见兰陵太守施昌卸任回家，看见熊威品貌，叫人把他交县衙查办。后来，施昌又暗中让家人贿赂狱卒，打点上下，把熊威救了出来。临行时，老家人还赠了他十两银子。他问了老家人的名姓，老爷的原籍姓名及老爷几位公子的姓名，想着日后好报答活命之恩。今天金氏说起自己婆家、娘家的姓氏、籍贯。吴氏一听，知是恩人到了，赶紧打发婆子给寨主爷送信。

家人急忙跑去告知寨主。本来施俊被捉，直到二更，早应该死了。就因韩良要杀，朋玉劝，熊威又劝，打算等二寨主喝醉了，悄悄把那些人都放下山去。不料家人报是恩公，熊威急忙把家人叫到跟前细问。熊威一听，"哎哟"一声，起身亲自去给施公子松绑，请入后宅。倒把施公子弄糊涂了，说：

"为何寨主如此优待？"熊威就将在兰陵府受了施老爷的活命之恩说了一遍，施俊这才明白。赛地鼠韩良、过云雕朋玉也都过来见礼。韩良身躯晃晃悠悠地叩头，说："不知是恩公，让你受了惊吓，求你格外恕罪。"施俊赶紧用手搀起来，说："哪里的话！若不是你，咱们大家还见不着呢。"

房上二人听得清楚，蹿身下来，云中鹤说："欧阳施主，你可曾听见了？"北侠说："都听见了。"二人离开此处，暂且不表。

单说庭中大家正饮酒，忽然进来一个喽兵报说："山下来了一伙人，破口大骂。"过云雕朋玉急忙带了十几名喽兵，出了寨门，果见有一群人在那里破口大骂。你道他们是谁？原来是钻天鼠卢方、穿山鼠徐庆和黑妖狐智化等人。他们怎么到了这里？这话还得从他们离开晨起望说起。

卢方、徐庆、智化，还有他们找来的帮手姚猛、龙滔、史云共六人，一路寻找大人，不巧遇上了山贼劫道。两个领头的，带着四五十号人，徐三爷满以为要大战一场，谁知一报名号，小贼们全都滚鞍下马磕头。智爷看着糊涂，就问："二位寨主贵姓？"一个说："小寇叫冯天相，匪号人称开山豹。这是我拜弟，花面狼侯俊杰。"智爷说："你们怎么认得我们？"那贼说："你们几位不是寻找大人吗？我们知道大人的下落。只求几位老爷给我们引线，做个大宋的官差。"说着，要把他们请上山，徐庆拍手同意。智爷说："且慢。人心隔肚皮，我们地理不熟，恐怕吃亏。我且问你们二位，丢大人的事你们怎么会知道？"冯天相、侯俊杰一同说道："实不相瞒，我们先前也在王府待过，因得不到王爷宠幸，就弃王府，来到这个豹花岭。忽然一日沈中元到，他和我们说盗了大人的事。我们想救大人，立个大功，就叫沈中元把大人接到我们这里。如今他去接大人了，估计不久就能来此。"

徐庆嚷着要上山，说："有不怕死的随我来。"智爷说："谁也没说怕死啊，就上山吧。"进了聚义厅，大家喝茶吃酒，聊得热闹。一顿酒菜吃完，两家寨主也有些醉了。又上了一桌酒菜再吃。智爷也忍不住跟着吃喝起来，喝了不到四五杯酒，几位英雄一齐翻身栽倒。

你道什么缘故？原来两个山贼全是一派假意，哄骗了众人。他们二人本与沈中元交好，知道沈中元盗了大人，也算计着五义必要四处寻找大人，心想他们若从此经过，定把他们拿住给沈兄出气。所以今天才把徐庆众人骗上山来。先前喝酒，酒菜之中并没有蒙汗药。等着上第二顿酒菜，才下了蒙汗药。想不到智爷这么聪明的人，也有马失前蹄之时。待喽兵把六人捆上，冯天相就想杀人。侯俊杰觉得不妥，为了显示功劳，立即派人往朱家庄给沈中元送信，想让沈中元亲自看看他们的本事。

侯俊杰吩咐喽兵，把六个人押下去看管起来。又重新摆酒，两人畅饮，一边喝一边觉着得意，直吃到天交二更。忽听外面大吼一声："好山贼！人面兽心！"侯俊杰、冯天相两个人一听，可吓坏了，回手抓刀。徐庆已经蹿过来，摆刀就剁。

你道徐庆是怎么来的？原来山寨里有个喽兵头目，叫胡列，曾是陷空岛的下人，因为做错事，被五老爷赶出卢家庄。

今日见到卢大老爷、徐三老爷，就想着要搭救他们。胡列悄悄杀了看守的喽兵，找来凉水把几个人灌醒，又解开绑绳。智爷本打算商议商议，三爷那个脾气如何等得，撒脚往前就跑。蹿进厅去，摆刀就剁。冯天相、侯俊杰双战徐三爷。这时黑妖狐智化、卢大爷等人也赶了过来，合力拿了这两个贼头，扔下山谷。又疏散了山上喽兵，放火烧了山寨。

众人离了豹花岭，走了数日，就到了夹峰山附近。路过一片树林，徐庆走在前头，忽见树林内一伙人，一个个探头缩脑的，徐三爷把刀一拉，那伙人撒腿就跑，嚷道："好山贼！抢了东西，又来杀我们。"徐庆一听是山西人的口音，往前一跑，大吼说："你们是干什么的？我叫徐庆，六品带刀校尉徐三老爷就是我。咱们都是老乡，有事我一定帮你们。"那伙人见徐三爷报通名姓，全都跪下求徐三爷救命，说那夹峰山上的山贼抓了少主人、少夫人，还抢了牲口、车辆。智爷过来细问缘由。问明之后，说："大哥、三哥，这劫的可不是外人哪！是艾虎的把兄弟，冲着艾虎咱们也得救他。"

不多时，大家到了山口，驮夫、仆人们有了靠山，跳着脚大骂山贼。正骂着，山上来了一家寨主，带着数十名喽兵，拿着兵器，不容分说，姚猛、龙滔、史云就和他们打在一起。正打着，大寨主熊威也赶到当场。熊威飞身出来，正撞在卢大爷面前，二人交手。智爷在旁边暗暗夸奖这家寨主与南侠的品貌相似。徐三爷怕哥哥吃亏，与大哥双战熊威。智爷见这寨主爷越战越勇，心想：正是用人之际，要得了这员虎将，真是不错。想毕，也蹿上去，将刀一亮。

忽然打半山腰飞下一人，智爷以为也是山贼，见他脚刚落地，这刀就砍下去了。那人往旁边一闪，回手用宝剑一迎，就听"呛啷"一声，就把智爷的刀削为两段，智爷一愣。紧跟着宝剑直奔脖颈而来，智爷躲闪不及，把眼一闭等死。忽听半空有人说："魏道爷，使不得！是自家人！"魏道爷把宝剑一收。那边玉面猫让徐三爷踢了个跟头，也叫北侠拦住说："自家人，住手，住手！"卢爷、徐庆停手。

彼此凑在一处，互说经历，才知道都是一场误会。众人上山，又遇见南侠、双侠二人，俩人才爬上山来。大家见过，一起上山摆酒吃饭、叙旧。智爷说："魏道爷，我们众人想破铜网阵，打算请你相助，不知肯否？"魏真道："无量佛！"徐庆说："行了，别念佛了，你给我小子当师父，咱俩也是亲家。你总得去了才够意思。"忽然打外面蹿进一人，"扑通"摔倒在地上。众人全都吓了一跳。欲知进来的是什么人，且听下回分解。

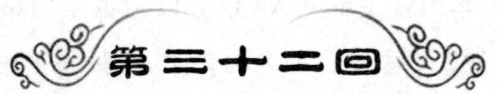

第三十二回
韩寨主喝醉酒泄密
蒋泽长鲁家林收徒

且说众侠义聚在一处,互说来历。忽然从外边进来一人,"扑通"摔倒在地,众人一愣。只见他舌头发硬,说:"哥哥,新来这些人,倒给我引见一下啊?"熊威脸一红,说:"贤弟,你喝多了,回去睡吧。"韩良直摇头,说没醉。瞧着旁边的大汉龙滔,问:"大哥因何到此呀?"龙滔说:"我们要上武昌府,给按院大人请安去,正好路过这里。"醉鬼一笑说:"给大人请安去?这我可不信。大人他——"刚说这个"他"字,熊威忙接过去,说:"你满嘴胡话。还不回去睡觉!"

智爷觉得有些蹊跷,过去问韩良:"今有开封府的护卫老爷们保举你做官,怎么样?"韩良说:"向什么人去提?"智爷说:"到武昌府向颜大人提去。"韩良说:"别唬我了,武昌府哪有大人。"就见熊威脸色都变了,说:"可别听他的,净说疯话。"智爷说:"这位贤弟所说不假。我们大人丢了有一阵子了。既然他知道内情,就请他说出来,有何不可?"大家都催着说。韩良说:"你们大人,知道是谁盗的吗?"智爷说:"是沈中元。"韩良说:"说对了。他还在我们这住了一夜,他姑母、他表妹都来了,车上还拉着大人。他们如今上长沙府朱家庄去了。"熊威口打咳声，说：
"我和盗大人的匪人结交，该定什么罪，我领了。"智爷说：
"和你什么关系。既然已经知道大人的下落，大家总得分
派分派才好。"智爷和北侠众人商议怎么迎接大人。熊威
过来问众位差官，如何安置山寨众人。智爷告诉说："君
山如今受了招安，把喽兵都带那里去吧。"智爷写了书信，
交与熊威说："你拿着书信，携带家眷，投奔君山。钟大哥
必会把你们安排妥当。"

　　第二天施公子急着赶回家乡，过来与众人道别。熊威瞅
着施俊走，总是放心不下。韩良说："我保着恩公回家吧。"韩
良拿了刀，与施公子一同起身。云中鹤说："我要先走了，咱
们武昌府见！"卢方、徐庆、大汉龙滔等人一同起身，也说："到
武昌府见。"喽兵、头目，大家拾掇包裹，放火烧了山寨，熊爷
保护着家眷直奔君山。过云雕朋玉带着北侠、智化、南侠、双
侠扑奔长沙府朱家庄接大人。

　　再说韩良保护着施俊，没走多远，巧遇艾虎等人，徐良他
们彼此见过一下。施俊便诉说了一遍来历，又对艾虎说："艾
贤弟，这位韩兄他本该投奔君山，可又怕我道路上有失。贤
弟若没什么事，送我一趟如何？"艾虎连连点头。之后，徐良、
胡小记、乔宾等人奔武昌府；韩良追熊威，奔君山；艾虎保着
施俊回家。暂且不表。

　　单说蒋四爷和柳青。前文书已经提过，君山上分派任务
寻找大人，有好几路人马。蒋爷和柳青二人负责赶奔娃娃
谷。柳青也是想趁此机会，拜见一下师娘。二人离了晨起

望,不知走了多远,正巧看见对面山坡下有个放牛的小孩,个不高,面黄肌瘦,活脱一个病秧子。忽见有两头牛"哞哞"几声,角对角顶了起来。那小孩过去,往两牛当中一站,双手掰着两个牛角,说:"哥们儿,都歇着吧。"蒋爷一闭眼,说:"完了! 完了! 那个病孩子要玩完!"

可真是件奇事,那小孩子掰住牛角,只见那两只牛眼睛瞪圆,"哞哞"乱叫,干用力,就是撞不到一处。蒋爷吃了一惊,叹道:"这孩子好神力呀! 老柳哇,就这两头牛,你能支撑住吗?"柳青说:"我可没那么大力气。"蒋爷说:"如果他真要像韩天锦那个样子,也就不足为奇了。有机会我一定要认识一下他家里的人。"柳爷说:"赶紧走吧,管那么多干什么?"蒋爷点头,两人也就走了。

二人进了镇店。就见北头有一个歪戴帽子的武生骑着马,后头跟着几个仆人,都是二十来岁。正巧从旁边胡同里过来个小孩子,拉着一匹大黑驴。一眼就被这个武生看见了,回头叫仆人去抢驴。这些恶奴冲过去,不容分说,把那小孩踢倒,将驴拉走。那孩子气得哇哇直哭,嚷道:"抢劫啦!"

忽见南边来了数十头牛,牛上骑着三个小孩,内中就有那个力气惊人的瘦孩子。这边哇哇哭的小孩一眼看见,说:"大少爷,有人抢咱们的驴!"那个瘦孩子还是个大舌头,说:"敢抢我的驴,不要脑袋了!"瘦小孩跳下牛,紧跑几步,赶上那群恶奴,就听见"扑通扑通"躺下好几个,他把驴抢回来。马上那个武生有些怕了,说:"走吧! 走吧!"躺下的都爬起来,就要走。

小顽童力分双牛

哪知那瘦孩子过去把马一拦,说:"小子！你竟敢抢爷爷的驴？今天你要不叫我几声好爷爷,休想走。"马上那人狠命一抽马腿,那马往前一蹿,奔瘦孩子就冲了过去。只听"吧"的一声,小孩往旁边一闪,揪住马脖子就是一拳,那马连声嘶叫,脖子被打歪了。只见他再冲马腿横踹一脚,马随即栽倒,上边那人也掉了下来。那人倒是识趣,也不生气,苦苦求饶,让叫爷爷就叫爷爷。小孩这才饶了他。

蒋爷说:"依我瞧,那坏小子一定会找机会报复。唉！我想管这闲事,还没工夫。"边说边走,不一会儿天上下起雨来。见路北有座大宅,二人敲门进去避雨,里边员外爷十分和善,将二位请至客厅。问来历,柳青、蒋平报了名姓。那员外慌忙站起,说:"原来是蒋四老爷,失敬！失敬！小可鲁递,和卧虎沟的沙龙,乃是旧相识,曾一同为官。"蒋爷说:"那可不是外人。"员外又叫人上来酒菜。酒过三巡,鲁员外说:"四老爷有几位门人?"蒋爷说:"一位没有。"鲁员外说:"我有个小儿,实在顽劣,恳请四老爷收他为徒,帮我管教管教。"员外说着吩咐下人叫公子出来。不多时,进来一人,蒋爷看着一惊。原来这就是方才那个力分双牛的瘦孩子。孩子过来给蒋爷磕头,自报名姓,叫鲁士杰。

蒋爷说:"方才我这贤侄,在外头闯了个祸。"员外怒道:"士杰,到底是怎么回事?"士杰哪肯说,冲着蒋爷直翻眼睛。蒋爷觉着后悔,说:"大哥别责怪他,一责怪他,小弟脸上不好。"员外说:"好,我不责怪他。"蒋爷就把夺驴之事,对着鲁员外细说了一遍。员外一听,说:"可不好了,这户人家可不省心那。"蒋爷说:"怎么不省心?"员外说:"他们住东鲁家林,我们这叫西鲁家林。他们老爷叫范天保,是绿林出身,倒是还讲些道理。就他那两个妻子可恶,一个叫喜鸾,一个叫喜凤。二人纵容儿子范荣华胡作非为。谁要惹着他儿子,当天晚间,那家就得死上一两个人。附近地方,无头案不少哪,总没破过。他父亲衙门里头又熟。今日士杰打了他家公子,今晚必有祸事。"回头,叫士杰:"我年过六十,就你一个儿呀。"蒋爷说:"有我和柳贤弟呢,放心。"

晚间,众人准备妥当,三更时分,外边一响,蒋平和柳青出来拿人。要知怎么拿人,且听下回分解。

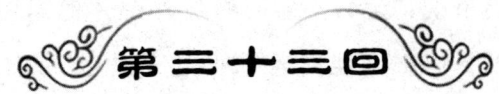

第三十三回
二女贼夜袭鲁家庄
范天保弃家逃山林

　　且说这日晚间,蒋爷与柳青盘膝而坐,闭目养神,单等着捉贼。天到三更,忽听院子里"吧嗒"一响,就知是问路石的声音。两人把窗纸戳破,见打东墙下来一条黑影,看出是个女贼。柳爷蹿出去,迎面就是一刀,女贼一闪身,二人交手。那女贼见柳爷功夫不弱,有些担心,虚砍一刀,直奔东墙跑去。柳爷追赶,女贼一回手,柳爷见是暗器,一闪身,"啪"的一声,正中肩头。女贼趁机蹿上墙,往下一飘身,不料,腿上中招,摔倒在地。原来蒋四爷预先蹿出墙外,在那里蹲着,单等她下来,伸手就是一刀背。柳爷此时也蹿出来了,心里正恨她,过去五花大绑,把她捆起来,拎回屋中,把嘴塞上。

　　两人复又坐下,知道那范家都是飞贼出身,准会再来人,静听屋外变化。天将到五更,忽听外边有脚步声。蒋、柳二人开门出去,就看见前头跑着个女贼,后头追的是鲁员外。这两个女贼正是喜鸾、喜凤。喜鸾生了个儿子,爱如珍宝。小时候谁敢欺负他,不是他娘出去,就是他妈出去——他管喜鸾叫娘,管喜凤叫妈,必与邻居争执,就是男子也常被这两个女人打得带伤。打遍了街巷,谁也不敢招惹,这儿子也就越大越张狂了。今天被鲁士杰欺负,他回到家中,哭闹着非要两个母亲把鲁士杰杀了,喜鸾、喜凤都答应着晚间潜入鲁家报仇,二人又过去和范天保商议。天保说:"他们那是个傻小子,必是咱们家这个招惹了人家。"喜鸾把脸一沉,骂老头子无能。范天保惧内,见老婆一生气,就不敢言语了。

三更时,喜鸾先去,到五更还没回来。喜凤放心不下,也到了鲁家,顺着东墙根,施展夜行术往前。突然蹿出一人,提着刀,扑奔喜凤,就是鲁员外。喜凤转头就跑,老头子以为是不敢和他交手了,便紧紧追赶。忽然喜凤一扭身,打出暗器,正中老员外胸膛之上,"哎哟"一声,躺在地上。喜凤抽刀要剁,就听身后"嗖"的一声。别看是个女流之辈,功夫也算到家,往前一弯腰,就闪开了蒋平的一刀,柳爷也冲了过来,二人围住喜凤。喜凤虚晃一刀,直奔垂花门跑去,柳青往下就追。蒋爷回身来看鲁员外,见他哼哼不止,便把他搀扶起来了,叫家人"快来呀",众人出来乱成一团。蒋爷说:"都别嚷嚷了,把你们老爷搀屋去,我去给你们拿贼。"

蒋爷赶去寻找柳青,二人会到一处,见女贼在院子里,把手往嘴里一放,打了一声口哨,嚷道:"风紧!"忽然,从房上跳下一人,手提着一口刀,挡住柳青、蒋平,男女四人打在一处。范天保说:"你们是'河'字吗?"蒋爷说:"鹰爪。"范天保就知不好,黑道的"河"字,是贼的意思;"鹰爪"是说办案的官差。贼见官,自来就惧三分。范天保想:若是官差,绝不能就两个人,如果人都过来,走就费事了。于是告诉他妻子:"扯滑。"喜凤也说:"扯滑。"二人分路逃出鲁家大院,蒋爷追喜凤,柳爷追范天保。

　　柳爷一口气追到了大河边,心想:"完了,自己又不会水,人家要游水过去,可怎么办?"忽见范天保也只是顺着河沿跑,柳青就有底了。正追着,芦苇荡中漂出一只小船,范天保嚷道:"那只小船,快把我渡过去吧!"柳青嚷叫:"别渡他!他是个贼。"范天保说:"我是个好人,他是个歹人。"船家也不理论,叫范天保蹿上船。柳爷干着急,又说:"船家,千万可别渡他!要渡他,连你同罪。"船家说:"我们为的是钱,他给钱就行。"范天保说:"船钱是有,到了那边还能少你的吗?就是没钱,把我这衣服都给你,还不值吗?"船户说:"怪不得人家说你是贼呢!一看你就没有给钱的意思。我可害怕到了那边,你一刀把我杀了。我还是先打发你吧。"船家抬起一腿,范天保就倒在船上,拿绳子将他捆起来。柳爷看了,高声嚷道:"船家,你把他给我吧。"船家说:"那你替他给我船钱。"柳青说:"我不但给你钱,还给你银子呢。"船家往回撑船,柳爷蹦上船。船家转身就撑船往河中间走,可吓坏了柳青,说:"你这是怎么说的?"柳爷只顾着和船家说话,范天保从后面抬起一脚,就把柳爷踹倒,用绳子一捆。柳爷才知中计了。

　　原来这个船家是范天保的弟弟,叫范天佑。他本是个水贼,常年在这里摆渡。今日范天保一想无处可跑,就直奔这条河来了。范天佑早瞧见哥哥正让人追赶。故此把船撑出来,把他哥哥接上船,虽然高声说话,私下里却小声商量,真就把柳爷给骗上了船。范天佑这才问天保:"为什么让人家追成这样?"范天保便把儿子让鲁士杰打了,喜鸾怎么去的,喜凤怎么去的说了一遍。范天佑一听，说："我大嫂嫂准让他们给害了，先拿他给我大嫂嫂抵命！"说毕，就将柳爷的刀拿起来砍下去，柳爷一闭眼睛，心说完了。"嘣"的一声，柳爷睁眼一看，蒋爷打水里钻出来，一刀砍在范天佑的腿上，范天佑落水。蒋爷上来飞起一脚，范天保也闪身落水。蒋爷把刀放下，给柳青解了绳子，二人相互道惊。蒋爷有心要追他们去，柳爷说："别追了，这三面是水，一面朝天的地方，我可是真怕。"蒋爷只好撑船回码头。

下了船，两人回奔鲁家，鲁员外问蒋爷那女贼怎么办。蒋爷教了鲁爷一套办法："先让地方官把女贼押送官府，然后再亲自到衙门告状，官府必要查办。你还得先把他儿子连家人一并拿住，作为见证。地面上不是有无头案吗？这赃证必在他的家中，只要找着一个人头，就行了。你要不行，我替你去办。"鲁员外说："四弟还得帮着办理。"蒋爷点头。

官司的事情处理完毕，蒋、柳二位告辞直奔娃娃谷而去。且听下回分解。

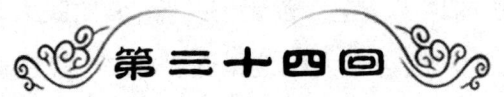

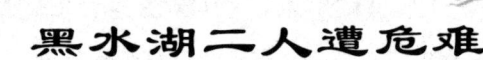

且说蒋爷、柳青二人赶奔娃娃谷，非是一日，到娃娃谷，直奔甘婆店，柳爷一看"婆婆店"三个字，想到要见师母了，规规矩矩地站在外边不敢进去。蒋爷看着好笑，说："瞧我叫她'亲家呀，小亲家'。"边往里走边叫"小亲家啊！"旁边有个扫地的，看蒋爷嬉皮笑脸地在那乱叫，气不打一处来，照着蒋爷后背就是一笤帚。蒋爷听到恶风不善，往旁边一闪身，那人左一笤帚右一笤帚就打开了，蒋爷左右闪躲，柳爷在外边偷着乐。蒋爷紧着说"别打了"，那人还是打。那人说："你是野人哪？跑我们院子里撒野！"蒋爷说："你才是野人呢！怎么就成你的院子了。"那人说："我新买的地方，怎么着吧？"蒋爷听他一说，便向他打听甘婆的消息，才知道甘婆带着女儿已经搬走了。蒋爷说："人家搬走了，婆婆店的牌子你也不摘下来，活该你惹气！"那人一听气得乱颤，又打。柳爷实在看不过去，伸手拉住那人劝说一番，连连给那人作揖。柳青问："兄台，可知我师母她们因何搬家？"那人说："大概是两个女人住这么大的地方害怕吧。"又打听搬在哪里，那人不知，二人看他是真不知道，只好起身告辞。

柳爷没见到师母,心中难过。蒋爷也闹了一肚子气。柳青说:"四哥,你去找大人吧,小弟告辞回家了。等着给五弟报仇的时候,我再出来吧。"蒋爷死抓着柳青不放,说什么也不放他走。柳青没法,只好跟着四爷赶奔武昌府。这一日,遇大河挡路,蒋爷雇船,二位坐在船上,问船老板姓名。老者说:"我叫李洪。那伙计是我亲侄子,叫李有能,你们有事就吩咐他做。"柳青一到水上,心里就没底。他看那伙计长相凶恶,老是担心。

也不知走了多久,忽然见前边由水中生出两座高山,当中类似一个山口。蒋爷环看周围地势,叫道:"船家,这是什么地方?"船家说:"这是黑水湖。"蒋爷说:"转回去吧,我们不走黑水湖。"船家说:"为什么啊?"蒋爷说:"你常在这里撑船,怎能不知道黑水湖多出强盗?"船家说:"如今不比往年,早太平了。你看,这就进湖口了。"

这只小船刚进湖口,只听见东山头一阵锣响,从上头"叭叭"扔下许多钩子,挂住船头。众喽兵一叫号,就把船往山里拽。蒋、柳二位出舱一瞧,见那些喽兵一个个衣不蔽体,满脸污垢,脚上连个完整的鞋都没有,真是一群乞丐山贼。

蒋爷以为这船家和山贼相互勾串,一把抓住李有能,说:"我恨透了你们这种东西了,咱们水里说去吧!"两个人跳落水中,把摇桨的李洪吓得浑身发抖。柳青也是害怕,要是在旱路上还不要紧。蒋爷把李有能抱入湖中,柳爷抽刀剁铁链,一丝不动,急得在船上直跺脚。那船将被拉上岸,柳爷往岸上一蹿,脚一挨地,心就有底了,抢刀"喀喀"乱砍。喽兵们本来就有几天没吃着饭了,哪有抵抗力,扔家伙南北乱跑。

不多时,打山上跑下一个大个儿,身穿破衣破裤,拿着一口刀,骂道:"小子!休要猖狂!"突然觉着眼前一黑,"咣当"倒地上了,饿晕过去了。柳爷一看这倒省事了,一刀砍下去。

你道那山贼怎么穷成这样?有个原因,人说:"一将无谋,累死千军",果然不差。此山寨的大寨主名叫吴源,外号闹湖蛟。身高力猛,本事了得,可就是不通人事,浑人一个。他也不管绿林的规矩,把船家给伤了。按说水贼不伤船家,旱贼不伤驮夫,这才是规矩。他一伤船家,谁也不打他这山口过了,哪有买卖可做。好容易等到一个,又碰到柳青这样的,教四寨主聂凯出去,还没动手,就死在当场。吴源只好亲自下了蟠蛇岭,柳青见这人来得凶恶,摆刀迎头一砍。吴源一闪身,一脚把柳青踢倒,吩咐喽兵把他连船家一并绑上山,准备将他们煮了,吃顿饱餐。

柳爷心里郁闷,两招没过,就叫人绑上山,还要被煮了吃肉。"哎哟!"柳青心里这个恨哪,心说:"该死的病夫!我说要回家,你偏不让。大丈夫死倒不怕,可要叫人家给煮了,就太难看了。想想自己虽在绿林混过,但也没做过伤天理的事。后来做生意也是修桥、铺路、盖庙宇,善事做尽,从不心疼花钱,怎么就落了这么一个结果?"他越想越恨蒋爷。这时,喽兵已经把他抬上山去,众人抱柴烧火。还有的说:"他这衣服不错,扒下来,给咱大寨主穿。"此时也不知蒋爷去了哪里。欲问柳青能否得救,且听下回分解。

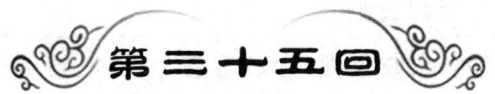

第三十五回
蒋四爷巧会众侠义
柳员外倒取蟠蛇岭

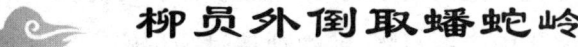

　　放下柳青被捉暂且不提。单说蒋四爷，把水手抱下水去，两人一翻一滚，出了黑水湖口。那水手水性虽好，但终究不是蒋爷的对手。蒋爷一手掐着他的脖子，另一只手按着脑袋就往水里浸。那水手在水里紧闭着嘴，死也不肯张口。蒋爷真有损招，左手捏住脖子，右手用力一点水手的肋骨，水手受不住了一张口，水就灌进去了，灌了个半死。蒋爷这才将他拎上岸去，捆起来往地下一扔。

　　蒋爷喊管事的，不大一会儿，就跑过来一人。蒋爷说："你就是这地面管事的。"回答："正是。"蒋爷就把遇见山贼的事说了一遍，又说："你把这个船家送去报官吧。"那人说："这我可管不着。"蒋爷说："你管不着，我连你一同送官。"那人看蒋平口气不小，问道："你老人家贵姓？"蒋爷说："姓蒋名平，字泽长，人称翻江鼠，御前带刀水旱四品护卫。"那人一听，趴在地上一顿磕头，说："原来是蒋大人哪！你老人家曾经拿过大盗花蝴蝶，是吧？"蒋爷说："你在哪听过的？"那人说："实不相瞒，你的一位朋友就住在我们这里的胡家店。"蒋爷问："是哪位？"回答："庄致和。"蒋爷说："那敢情好啊，你去把庄先生给我找来,再带套衣服。"

书说简短,故友见面,寒暄客套了一阵,蒋爷也把湿衣服换掉。二人起身直奔胡家店。一边走着路,一边相互倾诉经历。原来这庄先生的外甥女嫁给了胡家店掌柜胡从善的儿子。只因胡家店中没人写账,就把他请过来记账。因此他就在此处住了下来。

说着话,二人就到了胡家店门前,胡掌柜出来迎接,庄致和给两个人引见,客套一番,胡掌柜吩咐准备晚饭。酒过三巡,胡掌柜问:"四老爷怎么有空到此?"蒋爷就把去武昌府遇山贼的事说了一遍。掌柜的说:"我是这里十八村连庄大会的会长,我到庙上撞钟,约十八庄的会头,再挑些精壮的青年上山去救你朋友。给了还好,要是不给,就把他们山寨给平了。"蒋爷说:"不可,不可。掌柜的美意,我心领了。刀枪无眼,村民若损伤了性命,我担待不起。我只求你一件事。"胡从善问:"什么事?"蒋爷说:"我写封信,你找个踏实可靠的人骑快马连夜赶奔武昌府按院大人那里,能人全在那呢。"胡从善说:"按院大人?四爷你老知道按院大人在哪里吗?"蒋爷说:"在武昌府啊。"胡从善哈哈大笑,说:"好一个在武昌府!"

蒋爷说:"怎么个情况?我们大人丢了,你必知道下落。"胡从善说:"说起来话长。之前有母女俩在娃娃谷开店,忽然说店中闹鬼,急卖房子。我兄弟胡从喜贪便宜要买,跑来向我借银子,我不让他买。咱们不与妇女办事,除非她有男子才办呢。后来她说有男子,是她娘家的内侄,叫沈中元,他出来写了字据,我们才买了房子。"蒋爷问:"然后呢?"胡掌柜的说："这不就有了一面之交吗。前日晚间，三更多天，外面叫门住店，伙计说：'住满了。'那人说：'与掌柜相好。'问过他姓名，伙计找我商量。我就让伙计把他们带进来，现腾出两间房子给他们住。我也没见他，本来就没交情。我晚上起夜，可把我吓坏了，正听见他们母侄俩争吵。沈中元说他要住豹花岭，把按院大人藏在那里。他姑母不让，说他表妹许了人家，人家知道该不要了。后来就商量着上长沙府朱家庄朱文、朱德那里去。"蒋爷一听大人有了下落，欢喜非常。

说着话，天也就见亮了，忽听外头一阵大乱。伙计跑进来，说："掌柜的，大事不好了！有人搅闹咱们饭铺。"大家忙跟着出来，还未到门口，就听见骂骂咧咧的。进去一看，蒋爷可乐了，原来是钻天鼠卢大爷、穿山鼠徐庆和龙滔等人。这几个人由夹峰山起身，走在此处，又饥又渴，要吃的，伙计说一大早没预备。就又要酒喝，几个人除了卢爷，都是不讲理的主，不给饭吃本就有气，拿着伙计的一点差错，就闹开了，有摔椅子的，还有要拆铺子的，卢爷在旁边劝解。蒋爷说："自家人，别动手！"大家停手，互相见过。掌柜的把众人请到里边喝茶，蒋爷和卢大爷互相把经历说了一遍。蒋爷说："这下可好了，有智化他们去请大人，我也放心了。咱们大家快去救老柳吧。"

正说话，打外面推进来两个人，原来是那船家李洪和李有能。蒋爷怒道："可恨你们串通山贼，害了我柳兄弟。"李洪说："哎哟，冤枉啊！我要是与山贼串通，他们干吗要煮我啊？我只不过是贪图少走些路程，才走了黑水湖的。"蒋爷说："我们那个朋友呢？怎么样了?"李洪说:"他如今做了山大王了。他老人家把我放了,还叫我揽买卖进黑水湖,说要抢了坐船的客人,还分我二成账。这不,我一下山就叫差官把我给绑了。"

蒋爷说:"柳贤弟必是特意叫他来给我送信儿的,咱们不如将计就计。"于是让胡掌柜找来两只大船,再预备十几条口袋,塞满了假充米面。蒋爷众人就冒充米面商人。徐庆说:"咱们大家直接上山不就得了?"蒋爷说:"你就别管了。"众人各自准备,暂且不说。

单说柳青,他怎么成了山大王?也是命不该绝。那日被抓,喽兵把锅坐上,已经准备要煮了。柳爷大骂:"病夫啊病夫,我就是到了阎王殿也要告你一状,我这条命算是断送在你手里了。"听声音,屋中有个寨主说:"且慢动手,我听着像是熟人。"那人蹿出来,柳爷一看,就知道死不了了。

此人是谁呢?原来是邓彪,外号分水兽。他曾是陷空岛五义的手下,因犯案杀人,逃难到凤阳府,病倒在客店中,眼看着要死,银钱衣物也都没有了。人家店中人就问:"你附近还有没有什么亲戚,我叫我们伙计送个信。"邓彪就想起柳青,他知道柳青和五义有交情,便说:"五柳沟,姓柳。"店中人送信,柳员外亲自赶来,请大夫、还店账、雇人照顾他,直到病好,还给了几十两银子的路费。如今见到柳员外,邓彪马上过来解绑绳,倒头便拜。

请到聚义厅,与大寨主吴源、三寨主聂宽相见。吴源问邓彪怎么回事,邓彪就将柳青的救命之恩说了一遍。又说柳

爷也曾是绿林中人，不住夸奖柳爷的本事，与吴源一商量，都
要请柳爷做大寨主，柳爷不肯。邓彪说："就当你帮帮我们
吧。我们这一山全是浑人，连一个认识字的都没有。你老人
家足智多谋，只要能让我们有吃有穿就行了。"吴源揪着柳
爷，按在座位上，说："柳大寨主，我们大家给你磕头了。"柳爷
搀住说："要叫我做大寨主不难，你们都得听我号令，违者立
斩。我必让这山上丰衣足食，论秤分金，论斗分银。"吴源听
着高兴，说："来人，把船家杀了。"柳青说："使不得。水路上
的买卖，万不可伤船家。伤了船家，大家一传，就全不敢走这
里了，我们哪还有买卖上门？"柳青叫人给船家松绑，带上来。
柳青说："你别害怕，明天放你下山。只管去揽买卖，揽进买
卖来，分给你二成账。"船家千恩万谢，天一亮，就下山去了。
柳爷明知蒋四爷必要找他，放了船家，分明是让他去给蒋四
爷送信。这就是事情的经过。

　　回过头来，再说蒋爷众人，准备妥当，上了船只，直奔黑
水湖。进了黑水湖口，李洪嚷："今天有米面客人进黑水湖
了。"就听东山头一阵锣鸣，把钩子扔下来，搭住船，往里就
拉。到岸边，众人跳下船，拉兵器，乱砍喽兵。喽兵乱蹿，徐
庆要追，蒋爷把他拦住。不多时，蟠蛇岭上下来一人，如山神
一般。卢爷蹿上去，摆刀就砍。吴源用双刺往外一挡，震得
卢爷单臂疼痛，手心发烫，刀就掉在地上。吴源单刺一举，只
听见"呲"的一声，鲜血直流。欲问卢爷生死，且听下回分解。

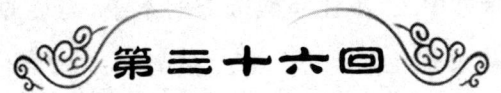

第三十六回
众人合力收服贼寇
沈中元为己事申冤

　　且说卢方战吴源，被磕飞了兵器，闭眼等死。众人来不及赶过去救人，全傻住了，倒是浑人手快，龙滔把手中飞斩往外一抛，正中吴源右肩头，血就蹿出来了，吴源皮糙肉厚，也不当回事，用手按了按。徐庆就蹿过来，刀往下一剁，吴源用双刺上的钩子一咬，徐三爷的刀就被人家锁住了。力气没人大，拉不回来。徐三爷松开手，退回本队。

　　姚猛冲过去，不会先动手打人，拿铁锤专等人家兵器到了才还手。吴源见姚猛就像半截黑塔一样站在面前不动弹，觉着奇怪。等了一会儿，姚猛急了，说："大小子！还不过来受死！"吴源只得过来，两人交手。吴源说："黑大汉！我真爱惜你，不忍杀你。不如你降了吧。"姚猛说："放你娘的屁！"吴源使了个丹凤朝阳，把刺搁在姚猛的脖子上，把大家全吓坏了，把姚猛也吓着了。吴源说："降了吧？饶你不死。"姚猛一哈腰，蹿开，也回归本队。

　　其他人都不敢上去。蒋爷一个箭步，蹿过去，说："山寇，我看你仪表堂堂,不如弃暗投明,给朝廷效力吧。"山贼哈腰,这才瞧见蒋爷,哈哈大笑,说:"你这小不点也敢上来比画,是什么来头?我听听。"蒋爷说:"姓蒋名平,外号翻江鼠。"山寇一听,说:"好蒋平!可让我找着你了,父兄之仇不共戴天。"蒋爷说:"等等再动手,你是谁?把话说清楚了再打。"回答道:"我叫吴源,我亲哥哥吴泽,管辖天下水中绿林,当初洪泽湖一战,死在你的手里。今天我非吃了你的心肝不可!"奔蒋爷扑过来。蒋爷转身就跑,说道:"咱们水中较量。"吴源说:"好,我正要会会你水中的本领。"蒋爷一听,就有点吃惊。

蒋四爷扎入水中,露出上半身,看着外边。吴源也下了水,用踹水法露出上身,直奔蒋四爷。蒋爷往水底下一沉,睁开二目,暗道:"看看他在水下能不能睁眼?要能睁眼,我八成得死。"就见吴源也钻到水下,四处一看,直扑奔四爷而来。蒋四爷不敢与他交手,一路逃命。暂且不表。

单说岸上等人,把那些喽兵追得东西乱蹿,飞跑上山去通报。柳爷说:"聂贤弟下山,把这些人给我拿上来。"邓彪说:"聂贤弟本领有限。若要捉人,我愿前往。"柳爷把眉一皱,说:"米面商人能有多大本领?我不愿当寨主就为这个。难道说我还不及你们有头脑?要不你当大寨主吧,我不管了。"说得邓彪也不敢言语了。聂宽提刀出去。要不怎么说是柳青倒取蟠蛇岭呢?他明知这米面商人是蒋爷扮的,还叫他们出去送死。

不大一会儿,有喽兵报:"聂寨主被他们杀死。"柳青说:"我一句话要了聂贤弟的命,我要亲自与他报仇。"邓彪拿着兵器跟着。柳爷问:"干什么拿兵器?"邓彪说:"跟着寨主爷去报仇。"柳爷说:"就这几个米面商人,还用得着两个人出去?你不用拿刀,看我的本事。"邓彪受过人家恩德,也不敢反对,就没拿兵器。

柳青吩咐列全队下山。柳青在前,邓彪在后,走着走着,柳青一回手,在邓彪的前胸使了一个靠山式,邓彪立马就躺下了。柳爷拉胳膊拧腿,把他捆上,然后威吓众喽兵:"来呀,哪个不服的,咱们较量较量。"那些喽兵跪倒一片。柳爷说:"那边是开封府的老爷们,过去求饶吧。"众喽兵过去磕头。卢爷看这些喽兵衣不蔽体,心中无限怜悯,说:"便宜你们了,都一边等着吧。"柳爷过去行礼,说:"感谢众位解救我。我们山中那个大的呢?"卢爷说:"在湖中与老四交手呢。"

卢爷问:"柳爷怎么当上山大王了?"柳爷回头指着邓彪说:"大爷,难道你不认得他吗?"卢爷一看,说:"好!他也敢做山贼,今天非杀了他不可。"柳爷说:"大哥,要不是他,我也活不了?请你饶恕他吧。"胡列也跪下说:"大老爷、三老爷,你们也知道我和邓彪是盟兄弟,我二人当初都是一步之错。二位老爷既肯饶恕于我,还求二位老爷也饶恕他吧。"卢爷这才点头。胡列把邓彪解开,过来给卢爷、徐三爷磕头。邓彪说:"我家四老爷与吴源交手吗?"卢爷说:"正是。"邓彪说:

"我与胡列都会水性,何不下水去帮四老爷,不然,他就有性命之忧。"卢爷说:"你四老爷那个水性,还用得着你们帮忙?"邓彪也不敢多言,站在一边。

　　突然吴源打水里往上一翻,"哇呀呀"乱叫,又往水中一沉,那水面就隐隐有了血色。吴源又往上翻,嘴里骂骂咧咧,东瞧西看,又扎在水里。卢爷也瞧不见蒋四爷上来,以为死在水里头了,净是着急。只见吴源又上来,嗷嗷吼叫。他上来三四次,蒋爷一次也没上来,再瞧黑水湖上,血红一片。你道是什么原因?原来蒋爷在水中一瞧贼人水性很好,又能在水中睁眼。心想:看他在水里眼力如何?要比自己看得远,就输定了。蒋爷同他绕弯,圆圈越绕越大,先离七八尺。吴源抱着青铜刺,瞪着两只眼睛看他。蒋爷一踹水,出去一丈开外,吴源还瞧着他。蒋爷暗暗着急:若要两丈开外,自己就瞧不见了。哪知在一丈四五,吴源就找不到蒋平了,蒋爷就知道准赢他了。吴源见蒋爷一踹水,往南去了,他就看不见了,也往南追。蒋爷又奔西北出去两丈,往上一翻,吴源以为蒋爷必是上去了,也浮出水面。蒋爷趁此机会,一踹水,就在吴源脚底下拿刀往上一扎,正扎在脚心上,山贼往下一蹬水,蒋爷又扎了一刀。然后一踹水,就是两丈开外。吴源露出上身,疼得嗷嗷直叫。再往水中一扎,还是看不见人,再往上一翻,来回几次。吴源就受不住了,把上身露出水面。蒋爷的刀奔他肚脐之上扎了进去,肠肚全出来了。蒋爷夺过他手中的青铜刺，心里这个高兴。自从洪泽湖丢了峨眉刺，就没个趁手的兵器。

蒋爷得了兵器，乐呵呵地上岸与众人会合，一齐上了蟠蛇岭，所有喽兵都跪在一处。蒋爷见这些喽兵衣不蔽体，好不凄惨。就叫来胡从善拿些衣服、食物来分给他们。蒋爷说："就当我向你化缘了，让你老一次多结些善缘。"胡掌柜叫人出去准备，用船只把应用之物拉来。喽兵看见无不欢喜，大家穿戴整齐，又有饭吃。蒋爷等人也都在聚义厅吃酒。忽然喽兵进来报："我们有三个远探的伙计回来了，他们都愿意改邪归正，老爷们赏给他们衣服穿不？"蒋爷说："把他们叫进来。"见三人跪在地上，蒋爷说："你们远探到了什么事情？"回答："我们听说大人回武昌府，要穿湖而过。"蒋爷说："哪个大人？"回答："是颜按院大人。"众人一愣。卢爷说："这必是欧阳哥哥把大人请回来了。"蒋爷说："你们吃了饭，换上衣裳，带着盘费，再去打听，细细问明白再来回话。"喽兵下去。

不多时，三人就回来报说："我们打听明白了，是大人带着公孙先生上长沙府私访，有长沙府的知府官员护送回来，离黑水湖不远了。"蒋爷说："还有什么人？"喽兵说："没有了。"卢爷说："这事又奇怪了。"蒋爷一翻眼，说："啊！我明白了。那个公孙先生一定是沈中元。"卢爷说："怎么见得？"蒋爷说："准是沈中元和大人说明白了，大人饶了他。哼哼！大人饶了他，咱们可不能饶他。"卢爷说："你打算怎样？"蒋爷说:"一会儿来的时候,我先把他扔水里,涮他一涮。我也不怕让他师弟听见,他也太不是人了。"柳青说:"病夫!你怎么又把我扯进来,你就把他杀了,也和我不相关。"蒋爷安排好一切,带众人出去迎接大人。

蒋爷说得真对。沈中元带大人来到了长沙府朱家,甘妈妈说:"再不把大人叫醒,我就把你送到衙门里去。"沈中元把大人的迷魂药饼儿取下来,后脊背拍了三巴掌,迎面吹了口冷气。大人醒过来了,一看旁边跪着个人,见他翠蓝装扮,五官清秀。大人一愣,问:"这位壮士是谁?请起来,有话慢慢讲。"沈中元跪而不起,说:"罪民罪该万死!有天大的冤屈无处申诉,才将大人盗在此处。"大人说:"无论你有什么罪,我一概赦免,有话起来说。"沈中元磕头起来,就把以往的经过说了出来。沈中元说话,只拣大人爱听的说,说五老爷这个年岁死得可怜,只是一时疏忽,掉在铜网之内。还说是为了要给五老爷报仇才投奔大人,却被韩彰、徐庆拒之门外等等言辞。大人听着他一心只为五弟,心里高兴,就饶恕了他,还让他假扮公孙先生。大人到了长沙府衙,见了长沙知府,说是来私访的。处理了地方上的一些事务后,又回奔武昌府,长沙知府和众官员一同护送。

大人先走旱路,后又转水路。一共三只船:大人在第一只船上,知府、大官在第二只船上,文武小官在第三只船上,兵丁就在旱路上远远地跟着跑。谁也想不到贼人竟会如此大胆。刚进湖口，就听见一阵锣鸣，喽兵们"叭叭"用钩搭住船，就往岸上拉。小诸葛沈中元打舱里蹿出来，喊道："好山贼!"回手就要拉刀，一瞧自己扮得是文人，哪里有刀？正着急，水中蹿出来一人，把沈中元腰抱住，说："咱们水里说去吧。"大人看见是蒋护卫，嚷道："不可与沈壮士无礼!"蒋爷早就蹿下水去，沈中元不会水性，到水里灌满为止，净喝水了。蒋爷看灌得差不多了，把他拎上岸去，捆在地上。沈中元在那"哇哇"往外吐水。蒋爷叫道："呸! 你个该杀千刀的，就为我二哥、三哥的一点不是，你就怀恨在心。你把大人盗走，差点害死了五条人命，我们众人也被你折腾个半死。你以为哄信了大人，我们就能饶恕于你吗？"小诸葛知道这个蒋老四不好惹，也不辩解，把双眼一闭，就是等死。

正说着，卢方、徐庆赶过来。徐三爷嚷道："大人有话，可千万别杀他!"蒋爷说："这会大人也瞧不见。他害得咱们二哥差点没上吊，不如先把他杀了。等见了大人，我就说你们来送信之前，就已经把他杀了。三哥啊! 是你杀呀，还是我杀?"徐三爷说："我杀!"他是个浑人，不管那个，摆刀就剁。蒋爷又拦住，说："咱可别叫他死得不服气。姓沈的，你是愿意死还是愿意活哪?"沈中元说："废话，谁愿意死啊!"蒋爷说："你要是愿意活，照我的主意去办，你就活了。"沈中元问："什么主意?"蒋爷说："你差点害我二哥上吊，我给你说个情，你给他磕个头。我二哥犟脾气，非叫他顺过气了，要不谁说也不行。"沈中元说:"你快住口吧!要我给你们五义磕头,让众人看笑话。我一辈子也洗不掉这个耻辱,还不如死了呢。"四爷说:"你头贵,我给你磕一百个,你给我二哥磕一个,还不行吗?"说着,蒋爷还真要跪下。沈中元说:"停下停下,这可不算。你捆着我,再说你这样磕头,谁看见了?我给他磕,可是在众目之下。你可真够损的了。"蒋爷一笑,说:"咱们这么办,你给我二哥磕的时候,我再给你磕头,你看行不?"说着把绑绳给他解开,蒋爷说:"过来给你们见见。这是我大哥,我三哥,你认识。"徐庆说:"老四,他不给我磕头吗?"蒋爷说:"凭什么给你磕头?你还应当给人家磕头呢。"徐庆说:"哎哟!那我们两个打平吧。"

四人随说随走,准备回船上拜见大人。就看见大人的船了,忽然,打西山头上蹿下一个人,跳在大人船上。蒋爷嚷道:"抓刺客啊!"欲问刺客是谁,且听下回分解。

翻江鼠欲打沈中元

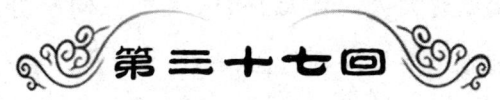

第三十七回
双锤将欺压良善人
朱秀才侠义救姑娘

且说蒋平众人远远地看到一人，从山头上飘落下来，直奔大人船上。以为是刺客，卢爷撒腿就往前跑。徐三爷眼快，说："站住吧，不是外人。"见那人念声"无量佛"，说："这些山贼，好大胆子，敢劫大人的船。"摆剑要砍。船舱之中说道："师兄，你要做什么？"只见出来一人，赶紧给魏道爷磕头。

你道云中鹤怎么来的？原来他去武昌府，路过此处，看见湖口里面黄旗子飘摆，上面写着"钦命代天巡狩按院……"因有山遮挡，往下看不见了。心中一想："必是颜按院。"忽听里面一阵锣响，过去一看，正是喽兵在那里拽绳子呢。心里一急，才一路飞跑过来。此时白面判官柳青打里边出来，说："给师兄叩头。"弟兄二人有十六七年没有相见，见面十分伤感。柳青说明了自己的来历，魏道爷点头。正说话，就听有人叫："亲家啊！"原来是徐三爷，大家上船，见礼完毕。沈中元在旁双膝跪倒，说："师兄，你老人家一向可好？"云中鹤念声"无量佛"，说："你岁数也不小了，也不想想做的都是什么事。因你做事不周，我这脸上也是无光。"沈中元说："小弟早就有弃暗投明之心，只是没有机会。"

　　众人又见过大人。休息一日，大家一同起身，赶奔武昌府。就有柳青想要见他师母去，蒋爷不愿意。柳爷说："我实在是想念师母。你放心，我见过师母，就赶去襄阳破铜网阵，绝不误事。"这一说，云中鹤也要去，沈中元带路。蒋爷一想："他们师兄弟凑在一处，万一不奔襄阳，怎么办？不如我和他们一起去。"就此回明大人，四位一同起身，奔长沙府。

　　大人回武昌不表，蒋爷上长沙也不提。单说朋玉带着南侠、北侠、双侠、智化他们，奔长沙府，到了郭家营。

　　长沙府郭家营，有个双锤将郭宗德，力猛锤沉，本事了得。就是他的妻子花氏，不是个好东西。以前，他家中一贫如洗，交了一个朋友，叫崔德成。这个崔德成家大业大，却孤身一人，尚未婚娶。郭宗德的妻子花氏，见那崔德成有钱，就暗中和他勾搭成奸。崔德成拿着钱，让郭宗德作买卖，这个买卖越做越大，就富起来了。买了房产，盖了一座大楼，花氏起名叫"合欢楼"。崔德成公然就在他家里住着，也不回崔家庄了。双锤将依靠人家发的财，虽想着把他推出去，却又不好说。

　　这天，他把崔德成请到书房内，说："兄弟，凭你那家当，打一辈子光棍，怎么行？我给你做媒说一个。"崔德成说："不要。非品貌好的我不要。"郭宗德说："难道这一方就没你看中的？"崔德成想了想，说："像我嫂嫂那品貌的，倒是还有一个。"郭宗德问："是谁？"崔德成说："温家庄温员外的女儿，叫温暖玉。可惜已许配人了。"双锤将说："只要你如意，就是有夫之妇，也得给咱。"崔德成说："她许给的可是朱家庄的二公子朱德,人家也是家大势大。"双锤将说:"要是不给,咱们就抢。此事就交给哥哥我了。"

双锤将叫家人带上聘礼,到温员外家说亲。温员外拒绝说:"小女已许配人家了。"双锤将一拍桌子说:"后天前来迎娶,把定礼放下。"说完,扬长而去。温员外放声大哭,到后面,把此事跟女儿说了一遍。姑娘说:"爹爹,他们一来,女儿我就死在当场。"温员外说:"女儿先别做傻事,为父的这就去朱家送信。"员外离家,直奔朱家庄。

到了朱家,正赶上朱文、朱德两兄弟去南乡收租去了,只好和家人把事情说了一遍。正说话,甘妈妈打外边进来,她是个直率的人,听见说硬下彩礼娶姑娘,就进了屋。家人说:"这是甘老太太,沈中元大爷的姑母。"甘妈妈说:"你这个事,要是我侄儿在就好办了。等等,我给你算算怎么办才好。"忽听外面有人说:"妈呀,你这里来。"甘妈妈说:"我女儿叫我哪。"说毕,转头出去。不一会儿,甘妈妈回来说:"员外,方才我女儿跟我说,她要替你出气。"员外说:"姑娘家的,怎么出气?"甘妈妈说:"实不相瞒,小女练了一身的本事。明天她想去替当新人。待下轿之时,杀他们个干干净净。"话音未落,朱文打外边跑进来。

温员外伸手拉住朱文,放声大哭,说:"我们有祸事了——"朱文接过来说:"我都知道了,侄男就是从你老人家那里来的。抢亲之事我是听赶集的说的。我这就写文书到长沙府告状去,非扳倒他们不可。"甘妈妈说:"贤侄,那就晚了。不如叫我女儿替她温姐姐坐一次轿子,杀他们个干净。"朱文摆手,说:"姑母,这可不行。我表妹已许配人家,倘若人家知道,可怎么好。"朱文立刻写状纸,朱文是文秀才,朱德是武秀才,他写东西也不费力,写完马上赶奔长沙府。不巧的是,长沙府知府送按院大人回武昌,还未回来。朱文心急,又跑到长沙县衙告状。

县衙知县名叫吴天良,早接到郭宗德的五百两银子。郭宗德托吴天良买通一个贼人,状告朱文、朱德是窝主。今见朱文走在堂口,知县就说他是贼头。不容分说,叫两旁衙役,把他收押起来。外边随从一瞅主人被抓,骑马回转朱家庄,把事情说了一遍。温员外和甘妈妈一听,就犯愁了。忽然又从外边跑进一个人,说:"咱们二爷让郭宗德骗到家里,给绑起来了。"众人一听,又是一阵发愣。温员外放声大哭。

正在发愁,忽从外边闯进来五个人。温员外以为是双锤将的人,吓得掉下椅子,爬到桌子底下。倒是甘妈妈,说:"你们是干什么的?私闯民宅,还有没有王法了?"原来是南侠、北侠、双侠、智化、朋玉前来。什么事跑进来?只因智爷怕沈中元得到消息先跑。朋玉说:"这就是甘妈妈。"智爷说:"亲家,我且问你,你内侄哪里去了?"甘妈妈说:"谁是你亲家!"智爷说:"我姓智,单名一个化字,匪号黑妖狐。这是你们干亲家北侠。"甘妈妈说:"哎哟!可了不得了,原来是二位亲家到了。"甘妈妈就把大人回武昌府的事情说了一遍。甘妈妈又问:"我和你们打听打听,我这位姑老爷,到底哪个是真的?"智爷说:"你先见的那个是大姑娘扮的,后见的才是真的。"甘妈妈说:"等见了病夫再说。"智爷说:"你女儿还是个二房呢。我欧阳哥哥下定礼先定了那个假艾虎,她又定了你的女儿。"甘妈妈把脸一沉,一语不发。大家都过来见礼,就把温员外的事说了一遍。

忽见打外头又闯进一伙人来,又把温员外吓了一跳。智爷一拍巴掌,说:"我的膀臂来了。"原来是魏真、沈中元、柳青,三个人过来给甘妈妈磕头。甘妈妈见他们,不禁凄然泪下。蒋爷过来说:"小亲家,这一向可好?"甘妈妈说:"病夫!你可害苦了我了,拿大姑娘冒充爷们,给我做媒。"蒋爷说:"哎呀,是你非要叫我做媒人的。准有个艾虎,我也不算骗你。"两人就斗起口来。北侠说:"别争了,月老配的,怨不得人。还是想想怎么帮忙温老爷吧。"

就听见后窗户那叫:"妈呀!"甘妈妈出去,不多时回来说:"方才我女儿还要替人家姑娘上轿。要不叫她去,她就抹脖子,这可怎么好?我那姑娘真是太糊涂了,有哪家姑娘愿意替别人当新人的?"智爷说:"欧阳哥哥,说句话吧。以后过了门,这两口子性情可是一样。"北侠说:"智贤弟,我就是个义父,可不敢做主。"俩人互相推让。蒋爷说:"依我说,艾虎也不能不答应;这姑娘又会本事,大家再保护着。不如让她去吧。"大家点头。甘妈妈也就乐了。

温员外先回去报喜,众人分头行动。蒋爷护送甘妈妈、兰娘上温家庄,暖玉认甘妈妈为干娘,与兰娘为干姊妹。北侠、南侠、双侠前去救朱德,在郭宗德家院子里转了半天,见两个人从个破屋子里出来,打着灯笼,边走边说:"拿住他杀了不就得了,还省得送饭了。"那个说:"你知道什么?这叫成心羞辱他。要让他看到未过门的老婆跟人家拜堂，就他那性情，出去也得抹脖子。"北侠一听，就猜到朱德必在此屋中，他把锁头砍断，进去给里边的人解了绳子，背着就走。丁二爷说："我不走了，我留着瞧热闹。"暂且不表。

单说云中鹤、柳青也进了郭宗德家的后院，瞧见有一座高楼，里面灯光闪烁，二人到了上面，把窗纸戳了个小孔，往里一看，是一男一女，就是崔德成和郭宗德之妻。摆着一桌酒席，两个人情意绵绵。女的说："今夜这酒是离别酒，不知日后你还能不能想着嫂子我了。"崔德成说："嫂嫂，我怎么舍得你呢。这是我哥哥苦苦相逼，让我成家。其实我心里早想和你作个长久夫妻了。"花氏说："你有这个心意，怎么不早点说呢？我告诉你吧，我手里有样东西，拿出来就能治你哥哥于死地。"崔德成说："要是那样，我说死了也不出去拜堂成亲。是什么啊？"就见那女的打箱子里头拿出一个物件来，交与了崔德成。那人拿过来一看，说："可惜，我要早知道有这物件呀，咱们两人早就是长久夫妻了。"不知是什么物件，且听下回分解。

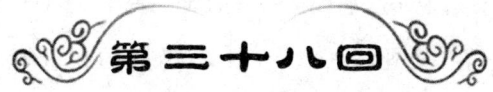

第三十八回
甘兰娘改扮温小姐
害人者终遭坏下场

　　且说魏真同柳爷看见奸夫淫妇拿出一个物件，也没看明白是什么东西，又听见外头锣鼓震天，知道必是新娘到了。二人把鼻子一堵，柳爷把薰香盒掏出来，屋里两个人闻到香味，一齐摔倒在地上。柳爷二人跳进去看那物件。你道是什么？原来是襄阳王给双锤将的造反信。二人把奸夫淫妇杀了，蹿出了合欢楼。

　　再说前头娶亲的，本应是新郎官自己迎娶。双锤将打发人请崔德成数十次也不下楼，郭宗德只好替他迎娶。不多时，轿子进门，有人说："二爷不拜堂了，吩咐新人先入喜房。"蒋爷一听，不拜堂更好。甘妈妈带女儿，直奔喜房。送亲的在棚里落座，摆上酒席，大吃大喝。智爷装成乡下人和蒋爷划拳，净叫"满堂红"。有陪坐的问："你怎么净叫'满堂红'？"回答："一会儿，拿个蜡往席棚上一扔，火一起来，不就是'满堂红'吗？"那人说："神经病，你喝多了吧。"

　　喜房里头，甘妈妈谁也不让进屋。姑娘换了夜行衣服，把刀放在旁边。有婆子非要进去，帘子一启，那人"哎哟，了——"这个"了"字还没说完，就死在当场。外头的婆子也有听着的,将要进喜房,甘妈妈一抬腿,踹了婆子一脚,兰娘手中刀往下一落,又死了一个。甘妈妈把门口一堵,谁也不用打算出去。一会儿的工夫,屋中的全都杀了干净。

外边送亲的此时也拉兵刃,把桌子一翻,拿起灯来往席棚上一扔。蒋爷就嚷:"姑娘快出来,别叫火截里头了。"火一起来,报事的一说,郭宗德才知道中计,拿双锤赶奔西院,先撞见过云雕朋玉,朋玉刀往下一剁,郭宗德单锤往上一迎,那口刀就被磕飞了。朋玉一闪身,"叭"就是一镖,双锤将拿锤把镖弹开,朋玉就躲开了。紧跟着兰娘到了,甘妈妈在后头,沈中元跟着甘妈妈。双锤将大吼了一声:"好丫头!今天务必要了你的性命!"沈中元知道兰娘不是对手,蹿过去就是一刀,双锤将郭宗德往上一挂刀,沈中元转身就跑。此时,甘妈妈、兰娘已然出去了。

忽见迎面又来一人,双锤将上下打量,见此人三十来岁,面白如玉,五官清秀,手拿宝剑。郭宗德用锤一指,说:"好小辈!你们都是哪里来的强人?"丁二爷哈哈一笑:"你清平世界抢人家姑娘,还有脸说我们!"双锤将哪里瞧得起丁二爷?单锤举起来就砸,丁二爷往旁边一闪身,用剑找他的锤把,"呛"的一声,把锤柄削折;"咣"的一声,锤头落地,双锤将成了单锤将。他自打出世以来,也没见过这样的宝物,吓得掉头就跑。不敢往西,有火,东院火也起来了,只好奔北跑,一看正北合欢楼烈焰飞腾,他本是穷汉出身,全仗着女人挣了个家业,这下全没了,正心疼。迎面听见说:"无量佛!"只见一个老道,也拿着一口宝剑,郭宗德抢单锤往下一拍。老道一闪身,宝剑一迎,这个锤也被砍断,掉落地上。丁二爷过来就是一剑。双锤将大哈腰躲过去了。刚要跑,"叭叭",过云雕给了两镖,他也不顾疼了,拿着两个锤柄,往南一跑,有丁二爷等着哪;往北又跑,有云中鹤、柳爷堵着哪;东西两边是墙,他又不会高来高去,这才叫身逢绝地呢。过云雕朋玉喊:"招暗器!"他把精力全放在这边了,没想到云中鹤那边拿镖一打,正中咽喉,死尸栽倒在地。

智爷说:"今天晚上人命不少哇。"柳青说:"智爷有能耐叫本地官员不备案吗?"智化说:"我可没那个能耐,你有啊?"柳青说:"我就能,再多些也没事。"智爷说:"我领教领教。"柳青就把得了书信的事说了一遍。

南侠、北侠把朱德背回温员外家里,不到两个时辰,众人也都赶了回来。温员外吩咐摆酒,众人叙话。第二天,众人又到了知府衙门,知府已经回来,大家说明来历,将王爷书信交与知府。知府立刻行文,调审朱文一案。事情圆满解决,大众起身直奔襄阳而去,准备破铜网阵。暂且不表。

单提大人有众人保护,到了武昌府。知府池天禄会同二爷韩彰、公孙先生、徐良、韩天锦、白芸生、卢珍、丁大爷、胡小记、乔宾等人,来迎接大人他们。

大家认识的不认识的一一见过。单单徐良见他父亲,叫人看着难过。徐良打小就没见过他爹。韩二爷说:"三弟,给你们爷俩引见,这是你儿子。"三爷就是一愣。徐良眼泪汪汪地过去说:"爹爹在上,不孝的孩儿给你老人家磕头。"徐庆说:"起来吧,小子。"用手一拉徐良,上下打量。徐三爷说:

"人家的孩子都长得水灵灵的,瞧我这小子,咋长得这个模样。就嘴巴倒还有点像我,按年龄算也该是我的儿子。"众人本来感伤,一听这话,都笑了。卢爷说:"别胡闹了,再胡说八道我可抽你了。"

大人办完了武昌府的公事,择日赶奔襄阳。这一日就到了襄阳城院衙公馆。蒋平、南侠、北侠、双侠、智化等众人也都赶到,大家见面,相互认识、客套,热闹非凡。忽然,韩彰飞起一脚将沈中元踢倒,就要拉刀。欲知沈中元性命如何,且听下回分解。

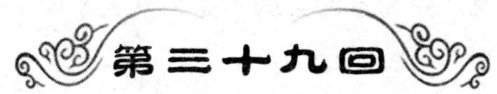

第三十九回
襄阳城英雄齐聚会
看阵图准备破铜网

且说韩二爷一见沈中元,气往上撞,过去就是一脚,把沈中元踹倒在地。众人一惊,赶忙过来解劝。蒋爷一把将韩二爷拉在一边,说:"二哥,沈爷把大人盗走是他的不对,可也是你和三哥不对在先。当初拿邓车,难道真是你们哥俩凭能耐拿的吗?人家弃暗投明帮你们拿人,你们却不理不睬,你说让人家恨不恨。再说,现在他弃暗投明,口口声声说是要给咱们老五报仇,冲这个你也不该计较了。"韩彰说:"我不管,我们两个势不两立,有他没我!"蒋爷说:"二哥,你再想想,人家师兄弟几个都是咱们请出来给老五报仇的,得罪一个就都得罪了。要不,我把他带过来给你磕个头,杀人不过头点地,他磕头也是头点地了。你看行不?"韩彰说:"他肯磕吗?"蒋爷说:"当然不肯了!我求求去吧。"韩二爷说:"只要他磕,我就点头。"

蒋爷又和沈中元商量一阵,带他过来,说:"二哥,我把沈爷带过来给你赔个不是。错可是你在先哪!"沈中元一屈膝,说:"前番盗大人是我的不是。"说毕,将要磕头。蒋爷说:"就这么受人家的头,怎么称得起侠义?"韩二爷也觉着不对,也就一屈膝，说："先前是韩某的不是。"众人哈哈一笑，把二人搀起来，围坐在一起，细谈。

又一日，铁臂熊沙老员外背着东西赶来。有人带着见大人，沙龙回明大人，破阵的图纸已经画好，请大人过目，众人也都过来观看。打开阵图，所有的机关，都写了标注，大人看了半天，也看不明白。大人说："众位，还是你们看吧。"大人说毕回自己的房间。

众人争看阵图。智爷进过阵，小诸葛也进过，直参悟了一整天的光景，才算是明白了。次日，又要拿阵图瞧看，忽有官差进来说："回禀众位老爷们得知，外面现有君山飞叉太保钟雄求见。"众人往外迎接。只见还有亚都鬼闻华、神刀手黄寿、金枪将于义、玉面猫熊威、赛地鼠韩良等等，大家又见礼。有认得的，有不认得的，挨着次序引见。又互相讲了各自经历，不必细说。

蒋爷带着他们去见大人，先带钟雄进去，见到大人钟雄双膝点地。大人欠身，吩咐搀住。可见是念书的尊贵，大人知道他中过进士，还赏他个座位。本来听说钟雄是管理水旱二十四寨的大寨主，大人想着，必是五官凶恶，谁知他竟是个文人打扮，而且生得五官清秀端庄。大人暗道："说他文中过进士，倒像；说他武中过探花，可不像。"钟雄与大人说了一会儿话，其他人也都过来与大人见礼。

见过大人，众人又重新议论破阵之事。智爷说："方才我看过日历，明日就起身去破阵，正好趁着艾虎没来。艾虎要来了，肯定要去。那孩子脾气不好，要不让他去，不是要偷跑,就是要抹脖子。"蒋爷说:"要是那样,咱们还是早破铜网阵吧。"正说话,就听见哈哈一笑,说:"赶得早不如赶得巧。可到了给我五叔报仇的机会了。"大伙一瞧,是艾虎进来。这一进门,艾虎就跟磕头虫一样,众人都比他大,他磕了一圈。行完礼,就跑过去看阵图,他也不问人家,看得两眼发直。智爷说:"这孩子就一点不好,不认得字。你看什么呢?"艾虎说:"我瞧一瞧图样,明天好进去。"众人一笑,又把阵图参悟了半天,大略部署一下。

次日早晨,大人亲自叫人预备酒饭。所有破铜网的人无论大小老少,每人面前三杯酒,都是大人亲自给斟上的。众人又把五爷的骨坛请出来,拜了一回。

饮酒议论,蒋四爷说:"咱们商量商量,今天晚上都谁去?"就听见:"我去!我去!我去!我去!"除智爷没说话,剩下的全都要去。蒋爷一笑,说:"哎哟!大家都去了,院衙可就剩下大人光杆儿一个人了。"飞叉太保说:"我们由君山带来了二百名喽兵,都守在小孤山上,就等着调他们助阵。"蒋爷一听,说:"钟兄,我们这里破铜网之人绰绰有余,劳烦寨主哥哥带着二百名喽兵,把襄阳城四面围住,就是西面要紧,见着逃窜的就拿住。"飞叉太保微微一笑,说:"把我们都安排在城外了!那我们兄弟现在就出城去了。"蒋爷说:"寨主哥哥,可不要多心,城里城外皆是一样。"钟雄带着闻华他们告辞。

离了院衙,于义、黄寿他们都不愿意,说:"寨主哥哥,这分明是怕咱们降意不实。我看咱们还是别管了,回了君山,继续做咱们的山大王!"钟雄把脸一沉,说:"你们还要说些什么？要让喽兵们听见了，这就是惑乱军心！你们该当何罪？"他们不敢多言，直奔小孤山，暂且不表。

单说院衙内，钟雄走后，北侠责备蒋爷做得不对。蒋爷说："钟雄是个心胸宽广之人，不用担心。"蒋爷又说："我看谁去谁不去，还是早些商量明白最好。"云中鹤说："小道不但去，还要到火德星君殿破总弦，大家看可行否？"蒋爷说："破总弦还非你不行哪！这事就归你了。"大家又都嚷嚷着要去。艾虎说："我也去！"蒋爷说："不行！徐良他有父亲挂心，得去。卢珍父亲上了年纪，白芸生给他亲叔父报仇，也正应当去。韩天锦不会轻功，不该去。艾虎你师父、你义父去，你还有什么不放心的？就是徐良他们去了，也只是在外边守着。"智爷说："我可不去，看家要紧。"蒋爷说："对了，我也不去。"艾虎不敢言语了。柳爷说："我——"下句没说出来，蒋爷用胳膊肘一拐，柳爷只好说："我也看家。"艾虎心里憋闷，也无心喝酒，悄悄推门出了房间。欲知艾虎要去哪里，且听下回分解。

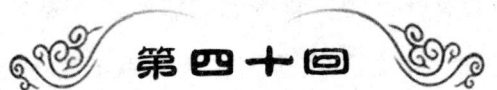

第四十回
黑狐妖用计盗盟单
众豪杰陷落铜网阵

　　且说艾虎一肚子委屈，离了众人，游荡到西月亮门，在北边蒿草地里坐了半天。忽见智化进了西院，探着头东瞧西看，艾虎心说："师父不是在找我吧？"忽然智爷对外头一击掌，沈中元打外边进来。智爷说："咱们可是老交情了。我看你要破铜网的士气挺高，故此才把你拉出来。我问你，可有宝刀宝剑吗？"沈中元说："没有。"智爷说："我也没有啊！我看就是破了这铜网阵，也显不出咱们哥们来。这回我想领着你去立个惊天动地的大功。"沈爷说："是什么？"智爷说："你我二人进王府，奔冲霄楼三层上边，把王爷造反的盟单盗下来。等明天早上他们把铜网破了，大人问他们要王爷造反的凭证，咱们往外一拿，岂不是首功一件？"说毕，两人离开。

　　艾虎坐在那里干生气，心说："师父真是不够意思，有好事，宁肯约外人，也不找我。"刚要分开乱草出来，又打外头进来一个，见是蒋四爷，又跟进来个柳青。艾虎心想："都在这里约会，偷偷摸摸的。"蒋爷说："你是我亲自请出来的，我要不让你立点惊天动地的功劳，对不住你。"柳青说："我又不想做官,要功劳有什么用?"蒋爷说:"那你还不要名了? 人家都是宝刀宝剑的,也显不出你来。不如我拉着你去立一件大功。"柳青说:"是什么?"蒋爷说:"我知道王爷睡觉的地方,叫卧龙居室。咱们用你的薰香,把王爷盗出来,不是奇功一件吗?"定妥了主意,两人离开。

二人一走,艾虎越想越有气。心中暗想:"哼! 谁让你们不找我的! 你们这两件事我一个人全包了,我把盟单和王爷都盗出来,办完了回院衙睡觉。等明早,我问你们这盗盟单、盗王爷的事怎么样? 看你们有什么脸面!"又等了半天,没有人再来,就回到前边,心情也好了。

说着话,就到了二更半天,众人换好衣裳。智爷告诉沙老员外带两人守住王府门口;白芸生、卢珍在王府的东墙根儿,墙里墙外各一个;徐良在北墙外头。北侠、南侠、双侠、卢方、韩彰、徐庆、云中鹤魏真,智爷都在耳边告诉了几句,大众依计而行。不走的人多,智化、蒋爷、柳青等等都不去。

单提北侠等来至王府,到木板连环外头,云中鹤奔正南,走了有半里路,到火德星君殿。见两个王官,十名士兵在此守夜。魏真飞身进了佛殿,把拜垫搬开,下面有四块大板,打开进入地道,直到平地。见前面正当中一根铁柱,两旁两根副柱,共有三个大轮子,比车轮还大。两边有个大皮条,东边有九个小轮子,西边有九个小轮子,就是挂十八扇铜网的小弦。魏道爷拿着双锋宝剑,对着那总弦一剁,"呛啷"一声,那根总弦就断了。还要断那副弦,就听西口围满了人,上面的人全是长枪,把枪尖扎下来,嚷道:"拿人!"魏道爷上台阶用宝剑一转,枪尖全折了。自己往上一蹿,那些兵丁挨着就死,撞着就亡,连两个王官都未能逃命。魏道爷一想:"总弦一断,就不必再下去了。"直奔木板连环而来。上来两个守阵的,老道动手杀掉。老道说:"原来王府造反的人,就这点本领。"脚踏卍字形中间,一直奔正北冲霄楼。

北侠、卢爷早到了冲霄楼下,老道闯进来,会在一处。就听正东那边骂骂咧咧,是徐三爷同展南侠;北边丁二爷、韩二爷也过来了。大众会在一处,直奔冲霄楼,脚踩卍字形当中,一看两边石像、石兽,卢爷用手一指,说:"我五弟就是从此处掉下去的,我也由此处下去。"大家往上一蹿,上头的铁链往下一落,翻板往下一翻,大众抱着兵刃往下落,脸朝外。三鼠手中都拿着兵刃。十八扇铜网,按说应该一齐过来,把这总弦一破坏,可就不行了,起落得也不齐了。下面的金钟一响,声音也是不齐。如今所有滚下来的铜网,遇到宝刀、宝剑都被削成好几段。大伙蹿到盆底坑内,地沟东西南北四面都通,把守的士兵是一百弓弩手。听金钟一响,有一个头目,是圣手秀士冯渊,他由地道进来,正遇着北侠抡宝刀砍过来。冯渊认得北侠,立刻跪地求饶,什么爷爷、太爷、祖宗、大叔、二大爷全叫到了。北侠一想也正缺个向导,北侠说:"你可是真心愿意投降吗?"冯渊就跪在那里起誓说:"过往神明在上,我要有虚情假意,让我死无葬身之地。"北侠说:"起来吧。"冯渊说:"我倒是怎么称呼你老人家啊?"北侠说:"我已有个义子了,就收你做个徒弟吧。"冯渊乐得手舞足蹈,说:"师父,我先献点功劳,我一打梆子,弓弩手全出来,你就杀人。"他在这里"梆梆梆"一打,一百弓弩手行动,这个地道最窄,只可一个跟着一个走。北侠他们出来一个杀一个,出来两个宰一双。后来都知道冯渊投降了,就没有出来的了。

上头一阵大乱,是王官雷英他们带了些王府的兵丁,到此瞧看。进了木板连环,赶奔冲霄楼,往下一看,铜网全部损坏,雷英暗暗叫苦。看见冯渊投降,雷英咬牙切齿大骂冯渊;底下冯渊听见,也骂道:"唔呀,混帐王八羔子,我跟着我师父,拿你们这些反叛来了,还不快些下来受死!"雷英对王府众人说:"今天就让他们死无葬身之地。你们快把一百弓弩手撤回来,再搬柴运草,拿火把他们活活烧死在里面。"

顷刻间,全部柴草已经运到,众兵丁把火一点,顺着铜网的窟窿往下一扔,下面的人可就吃苦了。这火全从头上纷纷掉落下来,个个用手中的刀扒拉。冯渊偷着往地沟里一看,说:"弓弩手都走了,咱们出去吧。"冯渊带路,走到南头,一看不好,地道口用大板子盖上了,上头压着石头,四面全这样。此时火势更大了,底下都是火,上面还不停地往下扔干柴,大众性命危在旦夕。暂且不表。

单说蒋爷,他见破网的人走后,会同柳青,直奔王府后院。正遇上徐良,蒋爷就说:"怕里头人少,我们去看看。"徐良也不能管。二人直奔王爷的住处,戳窗纸,见王爷在安乐椅上半躺半坐,手中托着一本书,挡住面门,两个王官面向里站着。柳青先把自己鼻子堵上，把薰香点着，将仙鹤嘴戳在窗户的窟窿里，屋中香烟都满了，里头的王爷也不扔书，王官也不倒。蒋爷着急，掀帘笼，就往里走，柳爷在后头跟着。蒋爷进去一抓王爷，才瞧见王爷是个假人；再看，两个王官也是如此。蒋爷发现上当为时已晚，脚底下一响，两人都掉在翻板之下，底下有四个看守的王官，冲过来把他们捆上。柳青怨恨蒋爷，闭目等死，王官拉刀要杀。暂且不表。

且说智爷拉着小诸葛沈中元出了院衙，直奔王府后身，徐良看见他二人也进去了，心中纳闷。智化二人到了冲霄楼下，用飞爪百练索爬到三层楼上，看上面有个悬龛，下面一个佛柜。智爷让沈爷巡风，自己蹿上去，突然飞出来两个扁枪头，"噗嗤"一声。智爷一摸肚子，摔在楼板上乱滚，说："我的肠子出来了。"沈爷一急，蹿进来。原来里头有两个守夜的，一个金枪将王善，一个银枪将王保，王善叫："兄弟，杀了那个。"沈爷过来与王善交手，就听那边"咔嚓"一声，沈爷就知道智爷准死无疑了。王善一喜，边打边说："兄弟得手了吧？"智爷答言说："得了，就剩你了。"王善躲闪不及，也被智爷一刀杀死。智爷哈哈一笑，说："我没受伤，扎在百宝囊上了。"智爷蹿上佛柜，拿刀削开悬龛，就看见了盟单匣子。把刀插入鞘中，伸手却够不到盟单，见两边有两个铜环，用手一揪，"嗤"的一声，从上面掉下一把月牙弯刀，正奔智爷的腰上而来，"当"的一声，智爷把眼一闭。

智化的生死，破铜网阵的一切，襄阳王逃跑宁夏国；山西雁追贼,开封府双行刺,大闹天齐庙;小五义朝天见主,见驾封官;北侠特旨出家,大相国寺教刀训子;潞安山琵琶峪拿白菊花,神鬼闹家宅;南阳头盗鱼肠剑,二盗鱼肠剑,三盗鱼肠剑;劫囚车,闹法场,开封府丢相印;群贼夺陷空岛,累死卢方,哭死徐庆,复夺陷空岛;五打朝天岭,三抢天峰山;失潼关,钟雄挂帅印,抢宁夏国拿获襄阳王,都在续《小五义》中分解。